La emoción de las cosas

Seix Barral Biblioteca Breve

Ángeles Mastretta
La emoción de las cosas

© 2012, Ángeles Mastretta
Casanovas & Lynch Agencia Literaria, S.L.
info@casanovaslynch.com

Derechos exclusivos de edición en castellano reservados para México, España y
Latinoamérica y sin exclusiva en Puerto Rico.
Prohibida su venta en los territorios y/o países de los Estados Unidos de América
y bases militares, Las Islas Filipinas y Canadá.

© 2012, Editorial Planeta Mexicana, S.A. de C.V.
Bajo el sello editorial SEIX BARRAL M.R.
Avenida Presidente Masarik núm. 111, 2o. piso
Colonia Chapultepec Morales
C.P. 11570, México, D.F.
www.editorialplaneta.com.mx

Primera edición: septiembre de 2012
Segunda reimpresión: febrero de 2013
ISBN: 978-607-07-1348-4

Impreso en los talleres de Litográfica Ingramex, S.A. de C.V.
Centeno núm. 162, colonia Granjas Esmeralda, México, D.F.
Impreso y hecho en México – *Printed and made in Mexico*

Para mis hermanos
Verónica, Carlos,
Daniel y Sergio.

Con rendido agradecimiento
a mis blogueros,
dueños de cuanto viaje
y cuanta pena,
sin duda, de cuanta dicha
cabe en un puerto libre.

Solo recuerdo la emoción de las cosas.

Antonio Machado

MIS DOS CENIZAS

Todas las luces están prendidas, pero yo me he quedado a ciegas en la casa de mi madre. Es una casa, en mitad del jardín, que es de todos.

Este lugar lo heredó mi padre de su padre, un inmigrante italiano que llegó a México a finales del siglo XIX. Podría haberse perdido en la nada de las deudas si mi madre no se hubiera aferrado a esta tierra que entonces era un paraje remoto a la orilla de la ciudad.

A mi padre le tocó la guerra, y el matrimonio como lo que debió ser la única secuela posible de aquel sueño de horrores: una tregua. La ardua paz que él resumía: «En la iglesia te atan una esponja a la espalda. El presbítero dice que semejante carga habrá que llevarla de por vida con serenidad y alegría. Uno piensa que no habrá nada más fácil. Luego, termina la ceremonia, se abre la puerta de la iglesia y los cónyuges salen para siempre a un aguacero».

A mi madre le tocaron la belleza y la tenacidad. El matrimonio como una decisión que supuso en su mano y que no fue sino la mano del destino, jugando a hacerla creer que ella mandaba en la desmesura de sus emociones.

Sucedió que se casaron tras dos años de un noviazgo a tientas. Él quería besarla, ella se preguntaba si podría soportar de por vida que su marido no fuera alto, como su padre.

Hay una foto en que mi madre sonríe y es divina como una diosa: así, con su cara de niña que por fin se hizo al ánimo de no serlo. Él la lleva del brazo y está como de vuelta, como si de verdad fuera posible no contarle nada de lo que hubo detrás. Es el día de su boda, en la mañana, el 11 de diciembre de 1948. También él sonríe, como si pudieran olvidarse el desaliento y las pérdidas. Se ve dichoso. Mi madre tenía entonces la edad que hoy tiene mi hija.

Hemos puesto la foto sobre la chimenea. Hasta hace un año estaba en un baúl, pero Verónica, mi hermana, la encontró justo cuando empezaba a ser urgente. Nuestros padres se quisieron. ¿Qué tanto se quisieron? ¿El suyo fue un romance de época o no estaba la época para romances? Yo jamás los vi besarse en la boca. Lo pienso ahora que me he quedado a solas, con ellos. ¿Por qué no se besaban frente a nosotros?

Mi abuelo materno pensó por meses que esa boda no sería tal. Carlos no era rico, era doce años mayor, y de remate soñaba despierto.

Mi abuela paterna estaba segura de que la familia de mi madre era demasiado liberal, pero sus seguridades no le importaron nunca a nadie. Durante cuatro años había creído que Carlos estaba muerto en Italia mientras aquí se le morían otros dos hijos. Para ella solo Dios mandaba y cualquier cosa que mandara era bien mandada. Quizá por eso nadie le hacía mucho caso.

Nadie más que mi madre. Ella no olvidó nunca que cuando le llevó unos mangos en abril, su futura suegra se negó a comerlos porque aún no había llovido.

A mi abuela materna le hubiera fascinado este jardín. De mis abuelos maternos viene el amor a la tierra que en su nieta Verónica se ha vuelto una cruzada. Mi abuelo paterno fue el comprador porque cerca había construido un sistema hidráulico para generar energía con las aguas del río Atoyac. No había alrededor sino campo y días rodando como piedras.

Cuando lo compró, su segundo hijo, mi padre, todavía no estaba perdido en un país en guerra. El abuelo creía en las guerras, motivo para una disputa que nadie quiso tener con él. Ni siquiera mi padre que hubiera tenido mil razones, pues vivió la guerra. Cuando regresó de Italia, no volvió a mencionarla. Ni mi madre, que durmió junto a él veinte años, supo del espanto que atenazó su vida y su imaginación desde entonces y para siempre. Todos creímos que se le había olvidado. Pero ahí estaba el abismo del que nunca hablaba, ahí, en la nostalgia con que se reclinó en la puerta de nuestra casa, a ver cómo sus tres hijos mayores nos íbamos a vivir a la ciudad de México. De golpe.

Nos fuimos los tres. Como si nuestros padres fueran ricos y como si nosotros no supiéramos que no lo eran.

Cinco meses después murió mi padre, Carlos Mastretta Arista. Y hasta hace muy poco, yo, su hija Ángeles, dejé de creer que había sido mi culpa. Ahora lo sé como sé del agua: la gente se muere en cualquier tiempo. Y un hombre de cincuenta y ocho años, la edad que tengo ahora, que llevaba cuarenta fumando, que pasó cinco en un país con guerra y veinte fuera del lugar en que nació, que solo descansaba los domingos, puede morir por eso y porque sí. Aunque nadie se lo esperara, aunque todos lo viéramos irse temprano a trabajar y volver silbando como si regresara de una feria.

Se le veía contento, sobre todo el domingo, cuando escribía un artículo sobre automóviles para el periódico en que publicó durante más de quince años. El diario acabó despidiéndolo por comunista, a él que un instante, no sé qué tan largo, llegó a creer en la ensoñación fascista. Pobre lucero. No cobraba un centavo por escribir, ni se lo hubieran pagado, pero era su fiesta. Quién sabe si se creyó un hombre feliz, pero sabía hacernos reír y al mismo tiempo nos contagió pasión por la melancolía. Un hombre así no debería morir temprano. Pero también la bondad tiene plazo.

Lo enterramos mi madre, mis hermanos y yo. Pasaron los años y no pasó él. Pasó la vida y su memoria se encandiló en la nuestra. Mi madre trabajaba desde antes de perder a mi padre. Enseñaba los primeros pasos de ballet en una pequeña escuela, para pena de su marido que vivía como una vergüenza lo que ahora sería un éxito: tener una mujer que trabaja en algo más que pintarse y quejarse.

Huérfana de marido a los cuarenta y seis años, preciosa, no se volvió a casar ni lo intentó. Cerró esa puerta a lo que veía inhóspito. ¿Un señor que no fuera de la familia, durmiendo en su casa? Todo menos ese lío, decía su actitud de reina clausurada.

Y pasó el tiempo. Los hijos nos fuimos haciendo útiles,

dejamos de pesar en su monedero, pero no en su ánimo. En el ánimo los hijos pesan siempre. Uno carga con ellos como con sus sueños: por fortuna.

Dos sueños cargaba ella cuando sus cinco hijos encontramos cauce. Uno, estudiar. Otro, hacer la casa de sus deseos en mitad del jardín que mi padre no vio nunca sino como la fantasía más remota del mundo. De haberlo vendido, quizás habrían mejorado las finanzas, pero mi madre se hubiera muerto entonces y no cuarenta años después. Se hubiera muerto sin haber estudiado la preparatoria a los sesenta y terminado la carrera a los setenta. Se hubiera muerto entonces y no ahora que tampoco quería morirse.

Nadie quiere morirse, y no por esperada la muerte nos violenta y atenaza menos. Vamos a ella como lo más inusitado. Mi madre estaba muy enferma y tenía cuatro más de ochenta años. Vivió meses en disputa con las debilidades de su cuerpo, empeñada en balbucir que aunque fuera así quería estar un rato más, mojarse con el sol, oír nuestras pláticas, beber su avena y comer cada día el dorado pan nuestro. Respirar.

A un pedazo de su jardín se irán los trozos de arena cenicienta que se volvieron sus ojos claros, su voz, su memoria, su pasión desesperada por la vida y por los hijos de su esposo Carlos, los hijos que nos hemos reunido hoy en la tarde, a pensar bajo qué árbol los pondremos. A los dos, porque luego que mi madre murió, recuperamos también los restos de mi padre y lo hicimos arder, como a ella, hasta que nos devolvieron su destello en granos pequeños.

Lo que había de sus huesos, solos bajo la sombra, está ahora en una caja de madera, idéntica a la que encontramos para mi madre. Hemos puesto las dos cajas cerca, sobre el escritorio, bajo la luz, viendo al jardín. Y ahora que se han ido mis hermanos, cada cual a su casa, yo me he quedado aquí, a oscuras.

Esta casa de todos es mi herencia. Tiemblo de saberlo y de pensarlo. Miro las dos pequeñas cajas, pongo una mano en cada una. La de mi padre, se oye raro, me alegra. Ya no había nada suyo sino el recuerdo nuestro, y ahora están ahí esas pequeñas piedras grises diciendo que existió, que hubo tal cosa como un ser vivo detrás del mito enorme que entre todos tejimos tras su muerte. Las de mi madre, en cambio, me derrumban. Hace apenas dos días eran la fiebre y la fe de una mujer que sigue viva en cada planta de su jardín. Y aquí está lo que hay suyo: en una caja muda. La caja de Carlos habla, no deja de decirme tonterías. «Hola, hija, fui feliz. Hola, hija, no te apures, que uno se muere porque ha de morirse. Hola, hija, hicieron bien en traerme a este jardín. Hola, hija, no temas, nada pasa en la nada.»

La caja de mi madre no dice una palabra, pero me hace llorar como si estuviera perdida en un desierto. Como si, además de sufrirla, esta soledad fuera mi culpa. La de mi madre dice: «Ya no estoy, ya eres vieja, ya te toca ser madre de mis hijos, ya no llores así, que no ayudas a nadie, ya ponte a trabajar, ya no me mires. No me mires que aquí no estoy, que ando afuera paseando entre los libros, junto a la mesa, frente a la estufa, bajo los árboles, con los niños, contra todo lo que parezca. No me mires. Quédate con la yo que anduvo viva, que el muerto sea tu padre, que ya él estaba muerto. En esta caja no estoy, llévatela al jardín, tírala, despilfarra. No están aquí mis ojos ni mis manos ni mi terco deseo de estar aquí. Llévatela al jardín y ponla con lo que hay de tu padre, con él que no conoció esta casa ni la extraña, ni sabe que ustedes ya saben que estoy muerta. No me mires. Déjame andar viviendo, sin que interrumpas mi pena con la tuya».

Todas las luces están prendidas, pero yo me he quedado a ciegas en casa de mi madre; una casa, en mitad del jardín, que es de todos. Y es mía. Como la memoria, el desamparo y el viento. No tengo miedo, padre, tengo espanto. No tengo espanto, madre, tengo tu herencia y esta casa y tus perros. Tengo a mis hijos y tengo a mis hermanos con sus hijos. Tengo dos cajas, dos montones de arena, una sola tristeza enardecida.

Trigonometría para la tristeza

Bueno sería poder confiar en que los muertos hacen milagros pasando por un aire que ya no los acaricia. Consolador sentir que hay algo suyo en el vaivén de las cosas diarias que, cuando sucede lo crucial, tuvo que ver con su empeño de mil años en conseguirlo, con su morirse deseándolo, con la influencia dueña de poderes ultraterrenos que debe haber en el aroma de sus cenizas.

Mi madre murió en agosto, hace unos años. Ya lo sé, no es raro, se muere la madre de medio mundo. Y a mi edad, la de casi todo el mundo. Pero no a todos nos entra la tristeza al mismo tiempo, ni es cierto que la pérdida se sienta menos cuando pasan los años. Se hace uno al ánimo. A veces creemos que desde el primer día pero, de repente, a propósito de una enredadera, se nos deshace el valor.

Mi madre tenía los ojos claros y la vida en paz. Mientras ella creció era pequeño el mundo y lo gobernaba una recua de ladrones. Así lo siguieron gobernando, sin más ambición que la de prevalecer, ni más lujo que el de hacerse de lujos, una y otra de las pandillas que se heredaban el poder.

Y ni quien chistara. Mejor así que matándonos, pensaban muchos cuando ella nació en 1924. Y lo seguían pensando en 1934, cuando tenía diez años, y en 1944, cuando tenía veinte, y en 1954, cuando yo cumplí cinco y ella nos peinaba los días de fiesta. También en los primeros sesenta, cuando el mundo, que aún era pequeño aunque en tantos lugares fuera abriéndose, seguía gobernado por los herederos del cacicazgo más íntegro que había conocido Puebla. El de un hombre que cuando nací llevaba muchos años de muerto, pero tenía muchos para seguir vivo. Todavía en 1980, cuando pretendí escribir un libro sobre él, cosa que no hice porque era un trabajo que por todos lados me rebasaba, nadie quería siquiera tocar su nombre en voz alta. Así de temido había sido y seguía siendo casi cuarenta años después de su muerte.

A falta de verdades completas, inventé un personaje que a mi madre le pareció menor comparado con la impronta que había dejado en su mundo, el verdadero. Lo inventé con alguna de las pocas cosas que supe y con muchísimas que imaginé; mi madre creyó siempre, y bien, que la historia real era mejor y que la realidad de entonces fue mucho peor. Ella las había visto todas y en su casa se habían hablado en voz alta mientras por la ciudad pasaban en silencio todos los años transcurridos entre 1934 y 1982. Entonces nació mi hijo y ella se puso a estudiar la preparatoria y luego la universidad. Todo, movida por la certeza de que el mundo no podía ser ni tan quieto ni tan pequeño, de que afuera existía el horror por mucho que en lo privado uno buscara un aire idílico como parecía serlo, durante mi infancia y su juventud, el tiempo en que a ella le temblaban las manos por asuntos que luego la hicieron reír.

De tal modo la participación en la cosa pública parecía imposible, el mundo de la familia era el más público de nuestros mundos. Toda la intensidad era hacia adentro. Así que a ella la ponía nerviosa participar en la organización de una fiesta para su madre. La autoridad de mi madre era la suya. Antes que ningún hombre: la voz de mi abuela. Para ella planeaban sus hijas, el trío de mujeres bajo cuya férula crecía la tribu, fiestas en las que cantábamos, bailábamos, decíamos recitaciones.

Éramos veinte chamacos mangoneados por tres hermanas sonrientes a las que rendíamos pleitesía. Mujeres cuyo esfuerzo puesto en la vida pública hubiera podido ser otra fiesta.

Como mi madre era perfecta —lo dijeron siempre mi padre y mi abuela, aunque sus hijos tardamos en saberlo—, la afligía quedar mal. Y temblaba porque las trenzas no tuvieran los tres gajos idénticos, porque temía que se nos fuera a olvidar la canción, porque en la ceremonia pudiera tropezarse una de sus cuatro alumnas de baile, porque se le perdía una peineta para el vestido de sevillana.

Nos disfrazaron de todo. Nada más yo, recuerdo haber tenido, cosidos por ella, entre los cuatro y los diez años, un traje de pastora, uno de princesa, uno de madrileña, uno de primera comunión, uno de ángel y cinco más. Disfrazados con varios atuendos por función salíamos al escenario, que era la sala de mi abuela, como quien sale al Metropolitan en Nueva York. Y mi madre temblaba como nunca tembló George Balanchine.

Hablan de ella esas tardes porque entonces eran su deber y ella hasta el último de sus días contó con el deber como un aliado. Cuando se quedó viuda con cinco adolescentes y ni un centavo, pasó de un quehacer a otro con la naturalidad de un pez que al tiempo vive en la laguna que en el mar. Mientras ella estudiaba, los herederos políticos de mi cacique seguían proliferando. Y ella descubrió la vida pública, el mundo fuera de las cuatro paredes familiares. Ahora mismo yo sería incapaz de acercarme a la trigonometría, pero ella se enfrentó a tres años de ese tormento porque le dio la gana, como la gana le daba ordenarse todo tipo de quehaceres. Hizo la tesis en una colonia pobre llamada la Colombres, y ahí cuenta la historia de cuatro mujeres dolidas y sorprendentes bajo el título *Yo lo que quiero es saber*. Cuando me entró la tristeza anduve buscando ese libro que me dio con menos donaire del que puso en darme su recetario de cocina, y que yo guardé tan bien que ha desaparecido en mi precaria biblioteca. Por fortuna, mi hermana lo encontró en la suya y me lo entregó junto con la sonrisa que anda trayendo porque ha conseguido cambiar un pedacito de la vida pública en nuestra ciudad.

No hay que estar muy seguros de que los muertos ignoran la pena de los vivos. Yo ahora me voy a permitir la ensoñación de que mi madre algo hizo, desde ninguna parte, para ayudarme a recordar esto que aquí he contado de tal modo que olvidé la tristeza.

Memoria de agua

En la foto con que abre la pantalla del artificio en que escribo, la niña que fui mira a lo lejos desde un recodo en el brazo de su padre. Tiene la espalda erguida y los ojos albeando. La mano del papá la sujeta contra él para que no se caiga. Y se ve tan en paz, tan presa del instante que la arropa, desde el que se permite la curiosidad que aún tiene.

Acercándose debió estar mi madre. A ella es a quien miro, a quien señala el dedo del hombre con quien duerme. Su esposo desde hacía veintiséis lunas. La estampa debió tomarla mi abuelo, que por esos años entró en la fiebre de la fotografía. Y que desde entonces tuvo predilección por la niña.

Adivinar de dónde saco yo que ese instante es el primer recuerdo de mi vida. Aunque soy memoriosa de lo remoto, debí tener entonces quince meses y medio porque, de ese mismo día, hay otra foto de mi hermana, casi recién nacida. Y quince meses pasaron entre mis cincuenta años y los suyos.

Dicen que no es posible guardar los recuerdos de esa edad, así que mi memoria de aquel día es inventada como tantas otras. Viene de siempre porque desde siempre ha estado, por mis rumbos, la estampa en la que aún vive esta niña a la que carga su papá, que a lo lejos ve venir a su madre, con su hermana arrullada en un abrazo. Esta niña cuyo retrato guardó el jefe del clan en una cámara alta y enigmática.

No sé cómo pasó, tan rápido, el tiempo entre ese instante que miro y este que ahora me mira desconfiando del acierto con que puedo evocar. Estábamos en Valsequillo, un lago formado con el cauce del río Atoyac, detenido, de golpe, por el muro de piedras rojas con el que se construyó una presa para darle a toda esa zona el agua que urgía en las secas.

No estoy muy abrigada, habrá sido marzo. Teníamos un velero, una canoa india y una lancha de motor. En realidad quien los tenía era mi abuelo, al que le fascinaban el agua y el deporte, gustos que entonces no fueron comunes. La presa aún estaba para ser un servicio más que una diversión. Por eso no hay nadie cursando sobre el agua en que parece bailar la niña que, en la tercera foto, se detiene del mástil de un velero, dándole la vuelta con un brazo mientras con el otro levanta un rehilete. Es en la tarde, porque el lago tiene una línea clara que va dejando el sol mientras se guarda. No se ven tras la niña sino el agua y el horizonte, no hay nada más, porque casi no había nada más que nosotros, nada más que la casa de mis abuelos, como dibujada en mitad de un paisaje para ella sola.

Pocos años después, el lago se volvió un paseo y las orillas se apretaron con cabañas y embarcaderos. Lo rodeaban los montes chaparros que por siglos fueron las cimas de un acantilado. Entonces, abajo corría el agua de un río limpio y dormía un pequeño pueblo cuyos habitantes tuvieron que mover sus vidas a otra parte para que allí y a todos lados llegara el progreso, de cuyo pregón tanto dinero entró a las arcas de quienes gobernaban. Pero eso había pasado cinco años antes de esas fotos en blanco y negro por las que hoy se filtra una emoción trastornada.

Todo el mundo tiene un río en su infancia. El de la mía era limpio y cuando una andaba sobre las piedras grises podía mirar sus pies bajo el agua. El brazo del Atoyac forma la presa de Valsequillo, un sueño que acompañó toda mi niñez. Cerca del agua jugábamos los domingos. Cada familia llevaba una canasta con su comida, y todas se ponían sobre la mesa para que cada quien comiera lo que fuera queriendo. Yo casi siempre quise de la nuestra; algo de sectarismo había en mi paladar y mis maneras. A veces llevábamos arroz: la tapa del sartén, amarrada con un trapo para que no se abriera. Y alguna verdura. Pero siempre había algo distinto. Mi mamá hacía el mejor pastel de manzana del que se tuviera noticia, y el mejor del que yo tenga noticia. He probado docenas de distintos pasteles en cien partes del mundo y ningún postre existe que sepa como aquel. Si la patria es el sabor de las cosas que comimos en la infancia, la mía tiene manzanas y canela, en buena parte del mapa.

Durante la semana, no existía en nuestras vidas ni la sombra de un refresco embotellado, salvo esos del domingo a mediodía. Tanto tiempo ha pasado y hace tanto que un doctor me prohibió la cafeína tras verme convulsionar a medianoche, que, de repente, si alguien destapa una Coca fría que como una reliquia aún está en botella de cristal, pido que me deje oír el ruido que hacen las burbujas y oler una flor de la infancia.

Quizás la infancia no se terminó sino hasta que tuve la primera gran crisis de epilepsia. No la llamaron así entonces. Al menos no mis padres que siete años después seguían llamándola desmayos, creyendo que en sus voces no se notaba el desaliento escondido en algo incomprensible.

Yo había dejado de ser una niña con gracia al convertirme en una adolescente estupefacta que no entendía por qué los quince años tenían esa condición incómoda, casi dolorosa. Mientras, el lago empezaba a ensuciarse y a oler feo de repente. En siete años más, cuando murió el padre de la niña y el mundo todo se trastocó de golpe, Valsequillo iba ya perdiendo el oxígeno de su agua. Ahora, cuarenta años después, son muy pocos los atrevidos que se dejan mojar por el lago. Alrededor siguen las casas, y los fieles van a verlo de lejos, en las tardes.

Odio hablar del pasado como algo mejor que se perdió en la nada de un presente baldío. No creo en eso. Pero el agua en la presa de entonces era limpia. Ahora solo es de plata porque el sol irrumpe igual sobre la superficie y desde arriba lo ilumina idéntico; tanto, que si uno se descuida, ve subir a un hombre cargando las velas de su catamarán. A lo mejor aún anda por ahí mi abuelo Sergio.

Temblar como las estrellas

Los emigrantes son polvo de estrellas, sal de la tierra, árboles con alas.

Nosotros, los Mastretta de México, somos nietos de un inmigrante. ¿Y de dónde venimos?

Cuando uno empieza a pensar en estas cosas ha empezado a envejecer. Yo, la nieta de Carlo Manstretta Magnani, el italiano que vino a México en busca de una certidumbre y encontró el azar y a una mujer de nombre Ana como la mejor fortuna, he convertido en un hábito la curiosidad por el pasado. Busco una respuesta en el recuerdo de quienes ya no viven, la busco en los ojos y las historias de quienes también llevan y traen mi sangre. Esos a los que, con dulzura, llamamos familia.

Hablando entre nosotros, imaginamos cómo eran la tierra y los sueños en que nacieron aquellos que no tenían idea de dónde estaba el país en el que naceríamos, en el que han nacido nuestros hijos, soñarán nuestros nietos, los descendientes de un hombre que dejó la tierra suave de las uvas y los montes, el río iluminado que sigue siendo el Po, y vino a quedarse aquí, bajo dos volcanes de nombre arisco y entre hombres y mujeres que nada sabían del sueño que lo movió a dejar su patria.

Recuerdo muy poco del abuelo Carlo, murió cuando yo tenía cuatro años, pero aún me conmueve el atisbo de la memoria en que lo guardo.

Me llevaba mi padre a saludarlo en domingo y yo, que tenía a la altura de mis ojos los papeles de su escritorio, miraba hacia arriba y le decía: «*Buon giorno, nonno*». Entonces él, creo, me miraba como a un juguete, y antes de despedirnos ponía en mis manos una moneda de plata.

Años más tarde, mi padre, detenido cerca del lavabo en que yo enjuagaba los dedos bajo una llave, me dijo como quien recupera de golpe un paisaje remoto: «Tienes manos de campesina italiana».

Él hablaba muy poco de Italia. Uno creía que para olvidarla, pero ahora sé que era solo para no perderla en palabras, para que todo aquello fuera suyo como algo íntimo e irreprochable, como un amor del que nadie pudiera encelarse, o un recuerdo que no se nombra por miedo a perderlo. ¿Para qué contar las heridas y el gozo de antes, si cuando otros los oigan entenderán tan poco?

Yo tenía entonces y ahora manos de campesina italiana. En un tiempo las hubiera usado para cortarle frutos a una vid, hoy y en el nuevo país de nuestro abuelo las uso para escribir, para contar el mundo en un idioma que no es el suyo, para ser mexicana como nunca seré italiana.

Soy, en Italia, una *scrittrice messicana*, y cuando respondo a las entrevistas o tengo que expresar pensamientos más sofisticados que los necesarios para pedir una pasta en Stradella, lo hago sin duda, con alegría y sin remedio, en español.

Ese idioma aprendí de Carlos Mastretta Arista y ese idioma aprendieron los hijos de sus hermanos Marcos, Carolina, Catalina, Teresa y Luis Mastretta Arista. Ahora mismo, para hablar con nuestros primos, los Manstretta de Italia, nos hacemos de un lenguaje tropezado y al mismo tiempo entrañable que aprendimos en la Dante Alighieri o en el camino hacia atrás que, como le digo a Verónica, mi hermana, siempre es arduo.

Nombro a Verónica y vuelvo a preguntarme cuál será el destino del apellido Mastretta que llevamos. Es el segundo de nuestros hijos, será el cuarto de nuestros nietos, el octavo de nuestros bisnietos. En cambio seguirá siendo el primero de los hijos de mis hermanos y el primero de sus hijos y sus nietos y sus bisnietos y sus tataranietos.

Ninguno de los hijos de Carlo Manstretta y Ana Arista vive. Mi padre podría tener cien años; una edad casi infinita para mis hijos. Sin embargo, hay quien vive más de cien: el *Titanic* bajo el océano, el hotel Palace en Madrid y las galletas Oreo, todavía redivivas en cualquier anaquel. Qué daría yo por haber contado siquiera los sesenta de mi padre que murió a los cincuenta y ocho, a la edad exacta que tengo ahora, sin haberme contado ni una pizca de su vida en Italia.

Siempre necesitamos saber, cuando ya no podemos. Y cuando más nos urge, porque también nosotros, como nuestros abuelos, como los hijos de todo emigrante, somos polvo de estrellas. Y de la misma manera, al recordar, temblamos como tiemblan las estrellas.

Cada quien sus ojeras

A los siete años, mi papá era un niño parado en un patín del diablo, con una gorra de la que colgaba un lazo y unos pantalones ajustados a los tobillos. Ha de haber sido por ahí de 1920 y jugaba en el patio de la casa donde su mamá crecía plantas.

Ella era una mujer de lengua rápida y ojos hundidos entre los arcos de media luna triste de sus ojeras. Le venían de familia y eso fue sabiéndose luego, hasta que hoy se acepta como algo irremediable en sus descendientes. Hay testimonio de que ojeras tuvo su tío abuelo, Mariano Arista, reconocido ahora como el tío bisabuelo del niño, un personaje sobrio que aceptó ser presidente de la República cuando casi nadie quería serlo. Sus restos descansan en la Rotonda de las Personas Ilustres y encima de su tumba hay un busto de mármol que, a pesar de su claridad, tiene labradas las ojeras. Los ojos del bisnieto, a los siete años, ya recordaban las del bisabuelo y sugerían las nuestras: las que fueron de mi abuela, las que heredó mi padre y luego yo, mi hermana, mi hija y mis sobrinas.

El niño que andaba en el patín del diablo creció, ya lo dije, para ir a una guerra, la estúpida segunda guerra. Pero eso fue después. Antes, aún andaba en el patio todo el día.

Nació cuando la Revolución mexicana daba sus primeros pasos. Y apenas tenía un año el día en que la devastó el asesinato del presidente Madero. De ahí para adelante todo fue matar sin rumbo. Era un niño y la muerte le andaba pisando los talones, como antes pisó los de su padre.

Quién sabe de dónde habrán sacado los europeos la certeza de que era lógico y legítimo apropiarse el territorio de otros y hacerlo depender de sus banderas. En la época de mi abuelo era frecuente esa creencia. Para 1890 todos los países europeos tenían colonias en alguna parte de África. No Italia, porque Italia había estado muy ocupada convirtiéndose en país, como para andar buscando otros. Sin embargo, en cuanto pudo lanzó a su ejército a perseguir la fantasía de hacer un imperio, empezando por el intento de tomar los desiertos de África. Y en ellos, Abisinia y Libia, dos países, por así decirlo, de pastores desconcertados y arenales que se pensaban inservibles, porque nadie sabía entonces que allá habría de encontrarse petróleo.

En 1896, en Adua, su primer gran intento de conquistar el cuerno de África, veinticinco mil soldados del lado italiano fueron derrotados por cien mil abisinios. Mi abuelo fue de los pocos que volvieron con vida. Llegó al Piamonte para, desde una roca en alto, mirar el río Po deslizándose por el valle, cerca de los viñedos. Luego bajó a Turín y le contó a un tío periodista los detalles de la batalla perdida, la desgracia de sus compañeros vomitando sangre, aullando, muriendo uno sobre otro, lanzados al vacío de una ofensiva perdida antes de iniciarse.

El tío lo publicó para elogiar el valor de los soldados, pero el gobierno consideró la descripción como una denuncia. Tras ella, mi abuelo debió salir a buscarse la vida lejos de Italia y de su ejército.

Como si aquello de conquistar una parte de África no debiera olvidarse, el abuelo trajo a México su fotografía vestido con el uniforme de gala y esgrimiendo un sable frente a la chimenea de un salón. Se ve que la tomó un fotógrafo de los que igual retrataban novias que niños o militares; todo el que quisiera recordarse vestido de algo original pasaba por aquel estudio con muebles de madera labrada en el que cualquier disfraz era bien recibido. Porque disfrazadas iban las novias y disfrazado estaba el abuelo, con su casaca de gala y su sable, antes de partir rumbo al campo de batalla en el que hombres y sables perdieron por igual vidas o brillo.

Carlo Manstretta Magnani viajó a América a los veintiséis años, tras el gran fracaso guerrero de la Italia reunida. Y es aquí donde se cruza aquel pasado con el presente que ahora está en los periódicos: el norte de África, Libia, ese país levantado para enfrentar a un dictador que prevaleció cuarenta años.

Ir siguiendo la revuelta en África me ha puesto a pensar en la perdida batalla de Adua, y en que de haberla ganado Italia, no habría emigrado mi abuelo ni habría encontrado a su mujer mexicana, ni hubiera nacido su hijo, del que vengo.

El abuelo llegó a México en 1900, desde Génova y Nueva York. Y a Puebla en 1906 desde Querétaro, donde se había casado con la abuela ojerosa, que era de un pueblo pequeño en el que aún tejen cestas, llamado San Juan del Río.

Dos presas en Querétaro construyó el ingeniero Mastretta, que en los azares de la aduana había perdido la n, antes de encontrarse con Ana María, de cuyo primer pasado sé muy poco. Que estudió en un colegio de monjas, interna, supongo que pobre porque era huérfana desde muy niña. El caso es que se casó con el ingeniero y lo siguiente que sé de ellos es una foto que hace poco tiempo colgaba en la pared de casa de mi madre. Ya para entonces la abuela está vestida de oscuro. Se adivinan su silencio y su rezo. Son del mismo tamaño sus ojeras. Entonces tenía cuatro hijos y está de pie junto a su marido que reina en un sillón y carga a un niño, mi padre, vestido de marinero y con el pelo cepillado hacia arriba como si así lo hubiera dejado un viento sabio. Porque hubo deliberación para peinarlo: nada hay en esa foto que no haya sido previsto. El gesto patriarcal del emigrante convertido en próspero constructor, el moño de la tía Carolina, el saco de mi tío Marcos, los hombros de la abuela bajo el cabello atado con suavidad en la nuca y el pelo del niño con cara de ángel sostenido en las piernas de su padre, que ya desde entonces pensaba en entregarlo a la patria italiana porque era su segundo hijo, le había puesto su nombre y lo crecería bajo el mandato de ir a suplirlo en cuanta hazaña emprendiera la madre Italia. Aunque fuera otra guerra, como fue. Aun si había nacido en México y era el hijo de la esposa mexicana que bosqueja una sonrisa cerca de él. Ana María Arista, la mujer a quien mi abuelo encontró lejos de África, dueña de unas ojeras idénticas a esas que tienen las muy pocas mujeres libias que he podido ver en los diarios. Y yo.

Nada del África árabe trajo mi abuelo, pero aquí se encontró unas ojeras como las que podría haber encontrado allá.

Cada quien tiene su novela, va cargándola, la teje todos los días. Y, a veces, trama en ella el paso de sus ancestros como si del suyo se tratara.

Atisbos del Piamonte

Sé tan poco y tantísimo de mi padre. No hablaba casi nunca de su vida antes de nosotros, ni hablaba mucho de lo que sentía por Italia. Aunque lo pusiera con tanta claridad en sus ojos.

Una vez dije esto, como quien dice algo inescrutable, frente a un grupo de italianos entre los que había una mujer, arrugada como un saco de lino, que me susurró al oído: «Quizá tuvo un secreto».

No entendí de dónde sacaba ella semejante conjetura, pero me levanté de la mesa en que cenábamos y corrí en busca de un escondite. Ahí me puse a llorar como si de crímenes de guerra me hubiera hablado. No salí sino hasta que mi hermana Verónica, que había hecho el viaje conmigo, llegó a buscarme. En diez minutos empezaría mi conferencia frente a un auditorio de italianos, hijos de italianos, como pude ser yo si mi abuelo no hubiera emigrado a México, si mi padre no hubiera regresado tras la guerra.

Nunca supimos mucho. Ni lo necesitamos para vivir como si lo supiéramos. Jamás pudo olvidar aquel espanto, pero tampoco quiso legarnos un ápice de ese recuerdo petrificado en el centro del corazón con el que sonreía.

Carlos Mastretta tenía catorce años cuando llegó a Italia la primera vez. Pasó a llamarse Carlo Manstretta. Su padre quería hacerlo italiano. Era el año de 1928. Fue primero a Milán y de ahí al Piamonte. ¿En qué barco viajó? ¿Tuvo miedo? ¿En qué tren? ¿Cómo sería el carromato en que subió, por una brecha, hasta el pueblo donde unos campesinos, ahora ricos, cultivaban vid y hacen un vino dulce? ¿Cómo eran los campesinos de entonces? ¿Cómo era Italia entonces? Me lo pregunto siempre. He ido a ver las colinas de Stradella, el cielo intenso, el campo de un verde pálido. La he visitado varias veces, pero nunca encontré más respuesta que una casa envejecida y un aire que me dio tristeza de tan mío y tan ajeno.

Mi hermana me tomó una foto apoyándome en la puerta que mi padre cruzaba para salir al campo. Diez años después, yo le tomé una foto a mi hija Catalina recargada sobre la misma puerta. De tal modo he tejido la trama del mito de mi padre, que hace poco la mujer de ojos inteligentes y andar altivo que es esta nieta suya me pidió prestada la pluma que guardo en una caja y contemplo de vez en vez, como quien mira el infinito. No tuvimos más herencia que algunas de estas cosas. No tenía nada suyo Carlos Mastretta. Pero nos tenía a nosotros, cinco hijos a los que amparar y desamparar. Y una mujer extraordinaria que estuvo para ampararlo siempre.

Le gustaba escribir; lo hacía con tan aparente facilidad. Creo que al fin de la guerra trabajaba en un periódico. Lo creo porque encontramos en su escritorio unas hojas de papel envejecido en las que cuenta los primeros ocho días de su viaje a México, tras la guerra. Quince páginas, una interrogación.

Después de leerlas, yo no tenía más remedio que vivir como una liebre. Como quien tiene las horas contadas.

CON EL PERRITO EN LAS PIERNAS

Está sentada, con el perrito en el regazo. Es casi una mujer, pero aún mira como niña. Ve hacia abajo, tiene puesto un vestido a la cintura, con las mangas de globo y el cuello de camisa. La falda es amplia y cae sobre el escalón, alrededor de sus piernas. Ya tenía las piernas largas y fuertes que la movieron toda su vida. Sobre el regazo tiene también las manos, y una pata del perro se apoya en su mano derecha. Atrás hay una fuente y baila un chorro de agua. Los zapatos tienen la punta redonda y los tacones cuadrados. Todavía es ropa de los años treinta. Si nació en 1924, puede haber sido 1937. Quién sabe. No tiene más de quince años, pero ya era preciosa y precisa; con cada parte de su cuerpo apuntando a lo que habría de ser. En esa foto de la que hablo se parece a sus nietas.

Es mi mamá.

El lujo del candor

Subo la escalera que va a mi estudio y la encuentro sobre mi escritorio, sonriéndome, vestida con su suéter azul y unos ojos de selva. Estaba mirando jugar a mis hijos mientras tejía quién sabe qué. Tejer era la paz en sus ratos de ocio que, por lo mismo, nunca fueron tales. A mi madre no le gustaba el ocio. Quizás una de sus más tercas luchas la dio siempre contra la pérdida del tiempo. Incluso para conversar con su hermana Alicia, solo se daba tregua después de comer. Las dos salían al jardín compartido y se acomodaban en una banca a vernos jugar un ratito mientras ellas hablaban, supongo que de su brega diaria. Mi tía Alicia marcó nuestras infancias tanto como nuestra mamá. Antes que viuda de mi padre, mi mamá fue la viuda de su hermana. Y nosotros sus huérfanos. Aún nos lastima imaginar todo lo que hubiera disfrutado quedándose; sin duda a la menor de sus nietas, entre arracadas y tacones, con el alma de fuera y los labios pintados de rojo, a los cinco años.

El esposo de mi tía Alicia era un hombre bueno y tenaz, con los ojos azules y la voz convincente. Durante la semana parecía ensimismado. Tras la comida dormía una siesta breve y al despertar volvía a la fábrica de hilados y tejidos que administraba con un rigor solo comparable a su pasión por la lectura. Yo no me supe bien su infancia ni su juventud, ni una gota del agua que todos guardamos en el río subterráneo de la memoria. Uno hubiera pensado que mi papá era todo lo contrario, porque solía tener cuentos hechos con frases cortas como destellos y le gustaba conversar. Pero hace rato sabemos que también él escondía un mundo y que no todo se hablaba en nuestras casas. Así que ellas platicaban de lo suyo, que en parte habría sido elucubrar sobre ellos y en parte sobre lo nuestro. Luego compartían secretos fijándose muy bien en que todos tuviéramos los tímpanos en otra parte.

Quizá los de ellas no eran los grandes secretos, pero eran las cosas que los niños no teníamos por qué saber, como cuánto costaba lo incosteable. Como a quién añoraban y con cuál novio no se casaron. Como qué fiesta había que preparar para sorprender a quién. Cosas, sobre todo, como la risa de alguien, cayendo de golpe en mitad de la vida que llevábamos. No se hablaba de tristezas a los niños. Fuera de la historia de Jesucristo, que no podría ser más de asustar, aunque eso ellas no lo notaran, el drama no se permitía a nuestros oídos; mucho menos algo que pudiera considerarse inmoral en el comportamiento de otros. Mantener frente a nuestro arrojo la indisoluble candidez del mundo fue, sobre cualquiera, su deber y su destino. Y de eso, si alguien supo todo, fue la tía Alicia, porque mi mamá de repente dejaba escapar alguna pena, se ponía seria y nos dejaba ver la entretela de una decepción; también contradecía la dicha cuando se le oponía al deber. Mi tía Alicia jamás. Yo nunca la vi triste. Lo habrá estado a veces, como todo el mundo, pero casi solo ella lo sabía. Y seguro su hermana, porque una supo todo lo de la otra desde que fueron creciendo juntas, como los gajos de una misma trenza.

Alicia tenía los ojos cercados por la profundidad de unas ojeras que le daban a su cara una sombra de misterio, rota a cada minuto por la contundencia de sus labios. Sonreír era lo suyo. Y hacerse cargo de los juegos. Cuando íbamos al mar, era la líder indiscutible en la lidia y el desafío a las olas. Por eso no hay playa, ni larga ni pequeña, que no la traiga dentro animándome a todo.

Mi mamá era la encargada de la gravedad, y ella la dueña de las llaves con que se desvanecía. Juntas eran una mancuerna imbatible, nos referíamos a ambas como «las mamás». No había ruptura en ese pacto; no que fuera visible. Sus hijos éramos hermanos, si no de padre, de todo lo demás. Eso me parecía. Ahora me pregunto qué tanto de todo esto que invoco fue así de preciso: sin duda la voz de Alicia Guzmán pidiendo una porra para algún malherido. Nunca faltaba quién se cayera del columpio o se hiciera un raspón en la rodilla; nunca fue que ella no estuviera junto a la cama en que mi mamá se hacía cargo de buscar el polvo de sulfatiazol y las curitas.

Cuando tomé la foto desde la que hoy mira mi madre, su hermana Alicia ya no vivía más que en la memoria y la nostalgia con la que nunca nos agobió. Ahora sé de qué tamaño puede ser la adoración por una hermana y no logro entender cómo es que ella sobrevivió a esa pérdida con tantísima integridad.

Su hermana Alicia murió a los treinta y nueve años, cuando mi mamá tenía cuarenta y dos. Justo la época en que uno acude a su hermana como al agua limpia, porque es entonces cuando todo parece estar fraguando sin remedio para un lado o para otro. Una historia como tantas, haciéndose excepcional y horrenda cuando encarna en los nuestros. Mi madre la acompañó en todo el ir y venir por los hospitales y hubiera querido protegerla y salvarla incluso de la caprichosa mano del dios bíblico que, como bien sabemos, no perdona jamás.

Alicia jugaba frontón. Un día, al volver del juego le contó que tenía un dolor en un pecho y tocó una bolita. Supongo que se la enseñó: entonces la gente no se andaba enseñando el pecho y tocándoselo en busca de una adivinanza. La prevención es un cuento de ahora y, con todo, viene el daño y espanta como el de antes. Ya existía el fardo ahí, quién sabe desde cuándo.

Fueron a Houston con el tío sobrio y preciso. Allá una doctora les dijo que el cáncer ya estaba muy avanzado, pero que podían operarla y ver qué sucedía. La operaron. No se vio diferencia para bien. La amenaza de muerte era una sombra de tal tamaño que en el rostro de las hermanas vimos poca esperanza en esos meses; menos de doce. Mi mamá nunca imaginó peor crueldad que la contundencia con que la doctora le dijo a su hermana que no tenía remedio. Así se usaba ya en los hospitales gringos, pero en nuestro mundo proteger la inocencia era sagrado y romperla un sacrilegio. Ahora, también aquí, ya nada se le esconde al paciente, los médicos se dirigen a los enfermos y no, igual que antes, a sus familiares para que ellos protejan la verdad como un acertijo. Entonces, más aún en nuestra familia, el candor, que ahora sería un lujo, era un deber. Alicia sabía de su mal tanto o más que cualquier doctor, pero creo que hubiera preferido el engaño para conceder a los suyos la misma coartada que los suyos hubieran querido para ella. Solo hasta entonces conocimos nosotros una desgracia imbatible. No sé cómo pasaba algo así, pero lo nuestro no era la verdad a secas. En nuestro mundo, que era antes que ninguno el de nuestras madres, si la verdad traía un descalabro era mejor callarla. Quizá por eso el tío, que era diez años mayor que su esposa, dijo tan poco. Y mi padre, que entró a la familia casi tan pronto como volvió de una guerra con todos sus horrores, nunca quiso hablar de eso. Ni pudo. Era doce años mayor que mi madre. Cuando se casaron tenía treinta y seis con sus treinta y seis mil espantos. Ella tenía veinticuatro y una sonrisa del tamaño del mundo todo, no de su pequeño mundo, sino del mundo que aún llega hasta mi escritorio cuando miro las fotos de su primera juventud. Luego, mientras fuimos niños, no sonreía de más sino cuando veía a su hermana. Era como si la vida la hubiese amonestado, como si algo imposible se hubiera roto y ella no pudiera sacarse la decepción sino junto a su hermana. Es de entonces que la recuerdo atenida al deber como a un nudo marino y a su hermana como al ancla de toda fortaleza.

Dos años después que la intrépida tía Alicia, murió mi padre y terminó de abrirse el temblor de la verdad a secas. Ya entonces ella, nuestra mamá, era fuerte para todo. Incluso para sonreír en lugar de su hermana, cuando las cosas tristes no podían acallarse.

La verdad no sé si aún llovía, pero igual hubiera podido estar lloviendo. Era julio y la tarde seguía pasando cuan larga era. Mi hermana y yo no podíamos estar mejor vestidas para un retrato que se quería irrevocable.

No recuerdo la exacta mirada de nuestra madre, cuya urgencia de perfección nunca parecía del todo conforme con sus obras, pero creo que aquella vez la fascinamos, porque siempre tuvo en su estancia la foto que nos tomaron entonces, recargadas una en la otra, espalda con espalda, cada quien con una canasta entre las manos. Aún estamos ahí, viendo hacia la luz del fotógrafo que nos llamaba a sonreír sin que le diéramos a cambio más que una mirada digna de la posteridad.

Incluso a los desconocidos les atrae esa foto. Aunque sea cursi, o porque lo es. No lo saben quienes la ven y sonríen con las dos niñas que vistió mi madre como a dos muñecas, pero ella y nosotros llegamos hasta ahí tras una epopeya doméstica que no puedo ni quiero olvidar.

A punto de salir rumbo al estudio fotográfico del señor Oklay, hombre rubio, silencioso y pálido que por el solo hecho de serlo parecía enigmático, un accidente puso fin a la ceremonia con que nos habían ataviado. Escribo *ceremonia* y el recuerdo me asegura que así debe llamarse a la sucesión de movimientos que nos rodearon por un rato.

Nuestra madre y la muchacha que le ayudaba en el difícil arte de disfrazar a sus dos hijas, empezaron por ponernos unos fondos de algodón con tira bordada en las orillas. Eran preciosos ya, podrían haber bastado para dejarnos elegantes, pero fueron solo el principio sobre el que cayeron dos vestidos de una gasa etérea, como debería ser el mundo. Tenían esas mangas cortas y plisadas que las modistas llaman *de globo*, tenían unos cuellos redondos y unas pecheras con alforzas. Todo lo ribeteaban los encajes traídos desde Brujas hasta Puebla, en un viaje que imaginábamos eterno. En la cintura nos ataron unas bandas de seda color de rosa que se anudaban en un lazo perfecto.

Mi madre nos había peinado las ondas con goma de tragacanto y sobre la mesa había dejado unos sombreros de paja clara que aún siguen provocando el deseo de volver a mirar la perfección con que estaba tramada su cursilería.

Pero antes de llegar al clímax que sugerían esos sombreros, faltaba ponernos los calcetines de hilaza tejidos por las monjas trinitarias y luego los zapatos de charol con las puntas redondas y unas trabas alrededor de los tobillos. Nosotras no sabíamos cómo hacerlo bien y ese día no se trataba de aprender. Para seguir el ritual nos sentaron sobre una mesa que, por no sé qué urgencia de cuidados, tenía un vidrio sobre la cubierta de madera. Un vidrio rectangular cuyos filos no eran un riesgo para nadie que no se acomodara cerca de ellos. A mi hermana Verónica le habían puesto un zapato en el pie derecho y la suave pero distraída nanita que le abrochaba las hebillas necesitó acercar hasta sus manos el pie izquierdo, así que jaló la pierna de Verónica y la dejó pasar sobre el filo del cristal que, en un segundo, le abrió una herida de lado a lado entre las venas que corren tras la rodilla. Oí un grito intenso, pero corto y esa debe ser la única vez en mi vida que he visto a mi hermana llorar así. Su pierna estaba tan llena de sangre que ni siquiera podía saberse de dónde brotaba. Cierro los ojos y veo, todavía, la herida sin brocal como la vi entonces. Verónica lloraba y le ataron un trapo a la rodilla. Yo también lloraba. Dice ahora que, dado mi escándalo, al principio todo el mundo creyó que la pierna cortada era la mía. No la voy a contradecir, entre otras cosas porque las dos estamos convencidas de que ella siempre tiene la razón, pero yo la recuerdo, como nunca, llorando más lágrimas y más penas que las mías.

Para pronto, las mamás, como llamábamos a la dupla hecha por nuestra madre y su incandescente hermana Alicia, la tomaron en brazos y salieron rumbo al hospital. Yo, que a todas luces salía sobrando porque mi engalanada presencia no era de ninguna utilidad, fui con ellas. Recuerdo la puerta azul del coche y recuerdo ir junto a mi hermana mirándola como a una heroína. Yo tenía cuatro años y ella tres.

Entramos al hospital Guadalupe en busca de un doctor. Acostaron a Verónica sobre una cama angosta y alta. Seguramente le pusieron anestesia, pero de eso y de cómo fue, ni ella ni yo nos acordamos bien. En cambio yo recuerdo con precisión científica la aguja redonda que fue entrando y saliendo por la piel hasta zurcir por completo la cortada. Ya nadie lloraba. Ella menos que nadie. Tenía los ojos inmensos, redondos y oscuros como aún los tiene. Sonrió.

Al salir de ahí fuimos a comprarle un premio a su valor. La tienda era pequeña y tenía una sola vidriera. Debió desaparecer muy poco tiempo después, porque nunca volvimos a visitarla. Vendían ahí las últimas muñecas de pasta y porcelana que nos tocó ver. Había una preciosa con la cara redonda y las mejillas muy rojas. Esa quiso Verónica. Se la dieron como un trofeo. *Cachetona* le puso de nombre.

No lo creen mis hijos, pero entonces las fotos de ocasión se hacían como ahora se hacen las de la publicidad más cara: en un estudio especial, iluminado para el caso, contra un fondo de paredes oscuras y bajo un inmóvil silencio de capilla. No era cosa de pasar por ahí como llevado por la casualidad, se hacía una cita y la familia completa cumplía con el ritual de retratarse en el orden debido. Mis primas habían llegado a tiempo. A mi madre la sorprendía haber llegado alguna vez. Nunca dejó de preguntarse si fue posible que la misma tarde del accidente hubiéramos ido a dar con el fotógrafo, pero nosotras estamos seguras de que así fue. Dos testimonios menores contra el suyo han dado una suma a nuestro favor: el retrato nos lo tomaron entonces. Bajo el fondo de encajes mi hermana tenía una pierna vendada y bajo las alforzas del vestido yo le tenía una admiración que aún perdura. Se ha cortado otras veces, la nana distraída que puede ser el destino ha pasado otras veces su vida sobre un vidrio.

No la he visto llorar. He visto cómo sabe coserse las heridas y cómo se divierte y sonríe cuando todo termina y la vida le toma un retrato a su existencia. Doy fe de que aún mira como entonces, de que es valiente y terca desde entonces. Doy fe de que aún necesito recargarme en su espalda para mirar al mundo que nos mira. Y seguir andando.

No éramos ricos

Desconozco adónde voy o cómo ir por un libro que aún no sé si será una memoria, una indagación en el pasado de mis padres, una búsqueda o una tontería. Empiezo páginas que van de un recuerdo a otro, iluminando retazos de tiempo pero sin orden, sin más destino que el de ser recordados. Ayer empecé uno diciendo:

«No éramos ricos, pero usábamos pantuflas».

TRIPLE DECÍMETRO

En febrero volvíamos al colegio. Habrá hecho frío, pero no lo recuerdo. En cambio veo al tío Abelardo, detrás del mostrador de su papelería, surtiendo las listas de útiles escolares que recogíamos en el colegio unos días antes de la entrada a clases. Me fascinaba ese momento, aún me deslumbra. No se me olvida el olor suave a papel y madera temblando en la tienda. Se llamaba La Tarjeta y entonces fue una institución, no un comercio cualquiera. Los dueños eran mi tío y su hermano Basilio, quienes además tenían una imprenta en la que hacían los cuadernos. En la segunda y tercera de forros estaba escrito el Himno Nacional. Nuestros cuadernos debían ser delgados, para que la mano al escribir estuviera a la altura del escritorio y no empinada, como había que ponerla para dibujar en las libretas de cien hojas que sí les permitían a mis hermanos.

En el colegio de las niñas todo estaba previsto. *Triple decímetro*, le llamaban a la regla en la lista aquella que parecía una carta a Dios. Pluma fuente azul punto 2516, cinco lápices Mirado del número tres, dos bicolores, doce pinturas Prismacolor, veinte cuadernos de cuadrícula grande y veinte de rayas. Sin márgenes (ahí había que ponerlos), sin numerar (ahí había que escribirlos), sin argollas (para que no se pudiera arrancar lo mal hecho), de pastas blandas (eso sí no sé el porqué). Todo forrado con papel manila de color algo; para cada grupo y cada año se ordenaba uno distinto. Nada, ni el tamaño de las etiquetas, podía ser mejor que lo de las demás: todas las niñas y todos los libros debían verse idénticos. Esto de la singularidad, la codiciada condición de poseer algo disímil, no existía. Y no recuerdo que lo extrañáramos. Quién era más rica que quién, no era cosa de notarlo en la ropa ni en los libros. Si acaso en las mochilas: había niñas con una nueva cada año. No fui de esas. La mía era de cuero y para sexto de primaria había perdido la forma y el color pálido; era oscura y tenía arrugas. Justo lo que ahora se busca desde el principio: que las cosas parezcan derrotadas. Fue lo que sucedió con mi mochila. Entonces la consideré horrible; ahora, en cambio, venden en Soho unas idénticas en todo, menos en el precio.

Soledad Loaeza leyó hace mucho en no sé dónde, pero debió ser en uno de esos documentos muy serios que ella encuentra perdidos, como botellas en el mar, una encuesta entre mujeres con éxito en la que se les preguntaba si siempre habían ido a colegio mixto o si, alguna vez, a uno exclusivo para su mismo sexo. Una mayoría de ellas pasó parte de sus estudios en un colegio solo de niñas. Parece que tal decisión contó como crucial en los resultados de la encuesta.

No sé qué tan cierta será esa conclusión ahora, porque ya muy pocos colegios son para un solo sexo, el caso es que, para mí, estar en ese gineceo tuvo su gracia. También sus agravantes: encontrarse a los quince años con hombres que no eran de la familia provocaba un estupor hiriente. Eso no lo dice la encuesta, su análisis afirma que una de las razones del éxito entre esas mujeres es que aprendieron desde chicas a competir sin miramientos ni favoritismo por los hombres, sin compasión o desprecio por las mujeres. Adivinar. Era tan breve el infinito, tan pequeño, que entonces no traté a muchas niñas que fueran a colegios mixtos. Solo el Americano, el Alemán y los públicos permitían semejante desafuero, pero ahí no enseñaban religión. Y el asunto del rezo importaba muchísimo en una parte de mi mundo; justo en la parte que luego se volvió libertad de elección, en caso de que haya libertad para elegir esta desgracia que es no tener a Dios como salvoconducto. Y el tema de la competencia no sé si pasaría por esto de que prevalecer es prestigioso entre los hombres y mal visto en las mujeres. Eso decía la encuesta, pero cuando yo iba al colegio la competencia era conmigo y con mi madre, con el susto de que no me quisiera, con el pánico a ser menos buena que el mes anterior. He pasado los últimos veinte años tratando de tenerme clemencia, de perdonarme la tarea y el cuadro de honor. He conseguido varios de estos éxitos. Las cosas pueden no hacerse, me digo, los márgenes pueden quedar chuecos y las letras disparejas, puedo estar despeinada mientras trabajo y sentarme sin los dos pies en el suelo, uno junto al otro, derecha la espalda, poniendo los codos donde caigan. Puedo tomar agua de horchata a media mañana y hacer pipí sin esperar la hora del recreo. Puedo no competir por ningún premio, ni vivir con el susto de si el mes que entra me llamarán para el cuadro de honor. Puedo, como en las vacaciones, correr a cualquier lado y echarme en el jardín a ver pasar las nubes. Puedo no entregar la tarea, no forrar los libros, no preocuparme si pierdo los dieces en aplicación y puntualidad. Puedo mil cosas menos volver a cuarto de primaria, con mi triple decímetro, mi emoción por los libros y mis cuadernos sin estrenar.

El dedal y la cruz

Todavía las mujeres que nacieron veinte o treinta años antes que yo, tenían, todas, un dedal. O varios. Muchas veces eran plateados, no siempre de plata, pero había unos dorados que traían a México quienes iban en barco a España, donde compraban tijeras y detalles de Toledo. También había de porcelana, y de carey.

No es cierto. Nunca vi uno de carey. Si los hubo, habrá sido en Cartagena. ¿Fermina Daza tendría un dedal de carey? Yo tuve uno plateado, corriente, chiquito y efímero. Ahora lo pienso como algo conmovedor, entonces resultaba un empleado de la tortura que era coser a media tarde. Esos tiempos estaban tan lejanos al presente que entonces todo era cerca, así que íbamos al colegio de nueve a doce y volvíamos a comer a nuestras casas. Daba tiempo para la clase de piano o para ir a nadar, para perderse de regreso deteniéndose a una conversación en cada esquina, para comprar una nieve de limón en el centro y revisar qué estampas de cuál álbum tenían unas o las otras. Luego volvíamos de las tres a las cinco. El colegio era una enorme y vieja casa que, según decían, alguna vez fue fábrica de cigarros. Ahora lo recuerdo precioso. Tenía un patio grande, cuadrado, en el que nos formábamos según el año que cursáramos. Luego, de chicas a grandes, íbamos subiendo la escalera de piedra, sobria y amplia, a los salones distribuidos en el segundo piso en torno a un corredor con macetas en el barandal. El último descanso tenía un suelo de mármol blanco y negro que daba el único lujo a una terraza desde la que salían los dos brazos del corredor.

Recuerdo la luz de las tres de la tarde contra las puertas de cristal del salón en que cursé tercero de primaria.

Según el grado, nos enseñaban diferentes puntadas en la primera parte de la tarde. Mi año más difícil en esa materia fue el año del punto de cruz. Nunca he sido hábil con las manos. Ahora que voy creciendo, he perdido habilidad hasta para sostener las cosas sin tirarlas. Por eso nunca pude con los instrumentos musicales, pero mucho menos con la clase de costura. Sin duda el punto de cruz fue mi peor cruz en ese arte difícil y envidiable que es el arte de coser. Arte que ya casi no valoramos porque todo se compra en las tiendas, hecho por manos remotas y a veces esclavas; manos que no vemos.

En México hay maquiladoras que exportan pantalones de mezclilla cosidos por mujeres que responden al aviso constante en las bardas de algunas calles: «Se solicitan bordadoras». Yo de verlos me asusto. En mi casa no se cose ni un dobladillo. Y que caiga sobre mí esa vergüenza. Lo único cercano a la costura que hay aquí son las patas de una mesa que antes fueron los herrajes de una máquina de coser, y los restos fatales de una Singer que alguien tiró a la basura y otro alguien convirtió en la base de una lámpara que compré en quién sabe cuál bazar. Es una pena que con esto del minimalismo mis viajes a los bazares hayan quedado en el olvido, casi tan en el olvido como mi vieja obligación de aprender costura.

No pude nunca. Los guisos de mi suegra pasaron con fervor a lo que fue mi herencia en vida; las puntadas, jamás. Ojalá hubiera sido posible que algo como un hechizo me diera el uno por ciento de su genio, o del de su hermana, que algo tenía de hechicera. No lo intentamos, a lo mejor su dedal en mi dedo podría haber hecho tal milagro. Se vistieron siempre con lo que cosían sus manos, y vestían a sus hijas, como mi madre a nosotras, con ropa que ellas cortaban. También vestían de novias a cientos de mujeres, a sus damas y a sus mamás; debieron ser célebres, como ahora lo son otras creadoras, pero su profesión les pareció siempre un asunto menor que les aterraba contagiar, más aún enseñar. Tenían los dedales encerrados en el costurero y si uno entraba allí era solo para contar una historia, nunca para coser. Así que ahora, alguna de mi ropa viene del Lejano Oriente o de otras lejanías más cercanas, porque la joya de un dedal en mis manos no volverá a existir. Hasta mi madre, que tras su muerte obra milagros sin saberlo, sería incapaz de conseguir que volviera a mí la rara y extenuada pericia con que libré tercero de primaria y la cruz del punto de cruz puesta en un mantel que apenas hace días encontramos en un cajón, perfectamente planchado, como la irrefutable prueba de que alguna vez cruzó por mi vida un dedal con su aguja.

En México hay mujeres que cosen como diosas, a las que nadie valora ni trata de modistas. Casi siempre viven en las montañas y allí tejen telas con las que hacen huipiles que luego bordan con puntadas diminutas y perfectas como las que nunca pude hacer yo. Mi punto de cruz, probado en algo que se llamaba *cuadrillé*, lo aprendí, entrené y abandoné el mismo año en que el programa educativo me ató a él sin compasión. Como tenía fama de ser muy dedicada, las maestras lo mismo me pedían composiciones difíciles, que decidían para mí los bordados más arduos. No se sabía eso de que cada quien tiene distintas capacidades y mucho más drásticas incapacidades. Mi amiga Luz del Carmen no tenía mayor interés en la gramática, pero de ahí la maestra derivó que a sus manos debía darles trabajos fáciles y le puso como destino anual bordar un pino verde en cada cuadro del mantel; con sus dedos volando, ella ensartaba la aguja una vez y cosía en unos minutos todas las ramas de su árbol. Su madre era asturiana y le había entregado un dedal y una aguja apenas pudo sentarse con la espalda derecha; hacía tres pinos por clase. En cambio yo, que era inepta como si tuviera pezuñas, debía vencer tres distintos tipos de anaranjado para bordar dos manzanas, un hilo negro para hacerles los rabos y dos verdes para las hojas. Dificilísimo: se me iban cinco clases en un cuadro. Yo debí tener el quehacer de Luz del Carmen y ella el mío. Aunque ni de chiste hubiera conseguido lo que ella, habría sufrido un poco menos, pero así no salió. Lo más que pude conseguir con mis súplicas fue que se me permitiera bordar un cuadro sí y otro no.

Había en mi colegio una disciplina impensable hoy en día. La clase de costura transcurría en silencio. No podía uno ponerse a comadrear, se nos pedía una concentración que por más practicada no logré mantener a flote hasta el día de hoy. En realidad, me organicé desde entonces para quebrantarla sin castigos.

Con el deseo de regir el silencio, la profesora nos leía una historia. Un día la noté aburrida y aproveché para tratar de cambiarle el quehacer: yo podía leerles mientras ella me adelantaba un poco el bordado. Por supuesto se negó. Entonces le propuse que me dejara contar un cuento, y desde entonces ando en estas. Cuando el deber me aburre, invento. Ese día inventé la historia de dos niños, del tamaño de un dedo, que tenían una tía inmensa y llena de castigos, muy parecida a la estricta solterona que dirigía nuestra primaria, a la que ellos hacían todo tipo de maldades; entre otras, usar su dedal para allí beber grandes tragos de Coca-Cola, bebida prohibidísima en la noble institución que nos amparaba. Semejante historia hubiera preocupado a una maestra actual, que tal vez mandaría a la creadora con la psicóloga del colegio, quien en un acierto llegaría a la conclusión de que la niña padecía la autoridad, se sentía diminuta y avasallada, pero tenía la capacidad para librar ciertas batallas escondiéndose de ellas, inventando que las ganaba siendo quien no era. El caso es que entonces no había psicólogas, ni madres dispuestas a contradecir la autoridad del colegio, ni niñas que pudieran salvarse del punto de cruz.

Así las cosas, libré bien todos los posibles males de aquella educación que resultó buena. Recuerdo la gramática y, creo, los modales, algunas jaculatorias que hoy sirven como mantras cuando el tráfico aflige. Olvidé el punto de cruz y me salvé de la vergüenza que hubiera sido no saber siquiera cómo ensartar una aguja.

No padecí el colegio. Pero adoré las vacaciones, por eso no me asustaban ni la cruz ni los cantos ni la pena, ni el silencio ni el viacrucis de la Semana Santa.

Ahora la gente se va a la playa, no se detiene el jueves a visitar las siete casas enjoyadas con flores y cirios, menos aún el viernes para caer de hinojos bajo un crucifijo, a las tres de la tarde, rezando una retahíla de treinta y tres credos arrepentidos. «¿Cómo pudimos hacerle esto a Nuestro Señor?», se preguntaba el padre Figueroa, que era un hombre ingenuo y bondadoso cuya voz pasaba sin trámites ni tiempo de los muy agudos a los muy graves, sonando siempre como un órgano desafinado. Con esa voz llevaba adelante todos los oficios religiosos que con motivo de la Semana Santa se celebraban con el mismo jolgorio que ahora se celebran las aún más santas vacaciones de playa o cama.

En mi casa las vacaciones de Semana Santa eran para rezar y arrepentirse, a nadie se le hubiera ocurrido salir de la ciudad para entrar en un bikini de sol a sol. Las vacaciones de Semana Santa eran para ensombrecerse, para vivir con ciega intensidad —y de lunes a viernes— la culpa de estar vivos. Sin embargo, todas esas penurias tenían algo de fiesta, algo de jolgorio imprevisto, algo pequeño y conmovedor que ahora me hace pensar en un dedal. Todo el mundo de entonces se ve desde hoy efímero pero inolvidable, como el dedal que no se usaba en vacaciones porque en Semana Santa no tenía que lidiar con el cilicio de la aguja y el hilo, haciendo cruces. Bendito sea el dedal en el que cabe tanto. Y la Semana Santa, que es cada día más corta: como el olvido.

La invulnerable inocencia

Los domingos de Pascua, el pretendido conejo escondía huevos de chocolate en el jardín. Yo pasaba el principio de la noche esperando que apareciera y alguna vez, desde la ventana, lo vi mover sus orejas blancas. Al día siguiente, en los entresijos de la hiedra o sobre una mata de flores, buscábamos los dulces. La pasión que había en ese juego era el juego mismo: encontrar, descubrir. Hasta la fecha, siempre que llega este domingo, me muero por salir a buscar algo. Porque nadie tiene más ganas de jugar, de creer en los sueños, que un adulto jugando al desencanto.

Alguna vez creí que la necesidad de sentirse parte del absoluto iría mermando con el paso de los años, hasta que todo fuera un sosiego más regido por la indiferencia que por la euforia. Por fortuna, me equivoqué. El tiempo que nos aleja de la infancia, de la primera juventud, de lo que suponíamos el perfecto candor, no solo no devasta la esperanza, sino que la incrementa hasta hacerla febril, hasta en verdad perfeccionar la inocencia haciéndola invulnerable.

Empujar el horizonte

Nada más aparecía septiembre y mi padre sacaba del ropero una inmensa bandera italiana, tan similar a la mexicana que solo le falta el águila, y la colgaba del asta que mi madre había mandado a hacer con un herrero siguiendo un diseño especial para balcones. Desde ahí resplandecía, todo el mes, la enseña patria italomexicana. Con ese gesto, mi padre inauguraba y terminaba las celebraciones de la Independencia de México.

Tenía un patriotismo suave y escarmentado; no en balde sufrió en Italia durante todos los días que duró la Segunda Guerra Mundial. Y si la patria de su juventud fue una Italia convulsa que emprendió su largo camino a la locura, la patria de su infancia mexicana fueron los ahorcados, los fusiles, la persecución de un lado y otro, el miedo turnándose el sitio con las promesas y la euforia de quienes lo rodeaban.

Su madre, mexicana, era nieta de Mariano Arista, un liberal que pasó, sin mucha gloria, por la presidencia de la desde entonces dubitativa República Mexicana. Su padre era un italiano que llegó a México tras participar en la última batalla, con derrota incluida, que libró su país en su primer intento de conquistar Abisinia. No fue guerrera su herencia, mucho menos su índole y, tras la catástrofe de la ensoñación nacionalista que condujo al fascismo, mi padre cargaba con él la inevitable devastación del patrioterismo. Tenía todo para vivir, menos una actitud triunfal.

En cambio, mi familia materna era olvidadiza, fiestera y optimista. Si algo de guerra les tocó, no se acordaban.

En casa de mis abuelos no ondeaba todo el mes una paciente memoria de la patria, se ponía la bandera solo para el Día del Grito. Y no se ponía: se soltaba. Y no había nada más una grande, sino muchas de todos tamaños.

Desde la terraza, en el jardín, mi abuelo arengaba a las huestes encarnadas en sus cinco hijos y sus veinticinco nietos. Decía el «¡Viva México!» con solemnidad interrumpida por su propia risa y por el vocerío divertido de nosotros respondiéndole: «¡Viva!», y «¡Vivan!» al redimir el asunto de los héroes que nos dieron patria, todo como pretexto para llegar al instante en que soltaba la bandera, cual una estafeta que iría de mano en mano a lo largo de la noche, para organizar la quema de cohetes y fuegos artificiales más escandalosa de toda la calle.

En la mesa del comedor había tacos, tamales y todo tipo de patriotas argumentos que íbamos probando entre los chillidos de un niño con los dedos quemados y los de otro al que el palo de la bandera, agitada ya por cualquiera de los nietos, le daba en la cabeza. Si la Independencia ameritaba una celebración o si era necesaria para celebrar, no se supo bien nunca.

Eso sí, había una fiesta; si en alguna parte estuvo claro, fue en nuestro Zócalo privado, ahí donde la patria era un pretexto para celebrar el presente. El análisis del pasado no estaba en esas noches libres y el futuro no tenía para cuándo. Nadie le dedicaba un pensamiento a la guerra ni a la sangre, ni a la lamentable sinrazón de las muertes, de los héroes degollados, de las revueltas. Vivíamos en un tiempo que ahora me parece un paréntesis largo.

Mi padre no iba nunca a esos jolgorios. Creíamos que le daban flojera, pero cuando pienso en los desmanes del nacionalismo italiano, siento que le daban miedo. O pesadumbre. El caso es que no iba. Lo recuerdo despidiéndonos desde el sillón en que leía, con un gusto que solo volví a ver en el papá de mis hijos cuando nos miraba salir rumbo a la compra de cornetas y enseñas patrias que me parecían imprescindibles en septiembre.

El papá de mis hijos creció bajo el amor y la custodia de su madre y su tía, dos portadoras de sangre ciento por ciento asturiana a las que todo eso del «¡mueran los gachupines!» les daba espanto. Y con razón. El 15 de septiembre cerraban las puertas de su casa y se dedicaban a coser y conversar como si tuvieran clarísimo, porque lo tenían, que entre ellas y los independentistas no había más que ciento cincuenta años de viajes. Sin embargo se habían vuelto mexicanas, creían en tal cosa como un país al que llamamos México y les gustaba ver a sus nietos siendo parte de los fuegos artificiales en honor a esta patria. No esta que la televisión ha puesto a volar todas las noches entre paisajes luminosos, sino estos paisajes que cobijaron su ánimo y sus dudas cuando desembarcaron en una orilla del Caribe. Entonces, hace tan poco, México era todavía una promesa. Eso que ahora parece imposible para tantos. Eso que hizo a tantos llegar aquí para quedarse y dejarnos.

Hará unos veinte años que los libros, las palabras, el juicio y la drástica visión de los tantos entre los que ahora vivo, me han puesto a mirar con descontento, descobijada, las fiestas patrias como una ironía de la historia. No con la serenidad de mi padre, ojalá, muchísimo menos con la euforia de mi abuelo materno, de mi primera juventud, de la infancia de mis hijos y las plazas llenas de gente que por única vez en el año se reúne allí para divertirse bajo el mismo acuerdo. Hay tal cosa como un país llamado México. ¡Viva! ¿Vivo?

Todavía ahora, cuando el cielo de la ciudad se llena de luces, llamo a mis hijos para que corran a mirarlo. No sé si ya habré sembrado en ellos el mal gusto de la esperanza a toda costa. Ojalá.

Quiero creer que escribimos, pensamos, nos hacemos cruces o damos gritos para que valga la pena heredar este lío. No hemos creado un Estado confiable. De acuerdo. ¿Pero algo así teníamos hace cien años? Ni de lejos. ¿Y hace doscientos? Menos aún. Hace doscientos años no teníamos ni siquiera nombre. Somos una sociedad muy joven. Todavía podemos, no digo reconstruir, diré construir un país, aquí, donde están la ceniza y la semilla de lo que somos. No tenemos mejor lugar al que ir. Sobre todo, no juntos. No sin dejarlo todo. Sin duda, la fiesta. Y el escepticismo, al que me gusta nombrar como una fiesta serena. Es aquí, en este país, incluso en estas páginas, donde hay que decidir las cosas que se vale celebrar. ¿Qué desafío? ¿Qué ideas?

Doscientos años, es hace apenas un rato. El abuelo de mi abuelo anduvo esa batalla. Nada que celebrar sino el comienzo. ¿Pero qué más queremos? Que nos toque esa fiesta, aunque todas las otras se nos pierdan. El país no se acaba en nosotros. Quizá la fiesta no sea para tanto, pero se vale tener un patriotismo escarmentado. Y pensar el futuro. Que sea nuestro festejo empujar el horizonte.

Revivir la quimera

Mis muertos, como los de cada quien, van conmigo a todas partes. Algunos días los siento mirando sobre mi hombro. Desde ahí aprueban o dirimen. Hace poco pude oír sus voces entre la mía que a su vez hablaba, de ellos y de la felicidad, a la paciente luz de una asamblea.

Mis muertos, como los de cualquiera, andan diciendo cosas que sacan de la nada. Y escuchan de otro modo. Cuando digo «alegría» se quedan quietos, si oyen «clavel» vuelven a estremecerse de nostalgia. Ese día, en el Salón de las Américas, me empujaron desde lejos. Como si dijeran: «No vengas con que no sabes cómo hacerlo, para temblar no te educamos».

La muerte de los otros provoca un temblor tal, que educa en la certeza de que es imposible morirse de miedo.

Anda a jugar, que de la muerte solo sabes lo que inventas, porque la muerte es un invento de los vivos. Anda, ve, di una fábula, revive una quimera, adivina un ensalmo.

Mis muertos son volubles, a veces se me esconden y otras se paran en mi cabeza, como la llama del Espíritu Santo, con la pretensión de iluminarme aunque no lo consigan. De repente, si la imperiosa luna trae con ella sus nombres, les pido que aprieten mi corazón para consolarlo porque no están.

Cuando murió mi padre, él fue el único muerto de aquel año. Así era entonces, casi nadie moría. De ahí nuestro arrebato. De ahí que Dios y el azar sean uno mismo, y por lo mismo, nadie.

Dos años antes murió la hermana de mi madre, que era tan joven como yo fui hace mucho y tan alegre como debiéramos ser todos. Ella regresa siempre que voy al mar.

Al poco tiempo murió la hermana de mi abuela, una especie ya entonces en extinción, quien vivió hasta el último día entre lo inverosímil y la catedral. Ya lo dije otras veces, porque uno no hace sino repetirse, ella viene cuando me urge una película de llorar.

Luego murió mi prima Tere, que tenía veintiocho años y era casi una niña con seis hijos. Pálida y ferviente, todavía viene cuando una de sus niñas aparece en mi buzón con el nombre que ella le dejó bordado en un cojín.

Al final de ese círculo, mi abuelo Sergio se durmió de repente, engañándonos; así fue siempre. Él y mi padre son mis dos muertos más queridos. He hablado mucho de esas cicatrices. Con ellos terminó la rueda de santos que perdí entonces: con ellos, el estupor indómito que da la muerte cuando la vemos por primera vez.

La más querida de mis muertas es mi madre, solo que todavía no lo sabe porque no he podido hablarle, se niega a ser fantasma o fantasía, así que sigue siendo la muerte misma metida en mis costillas. Seis meses antes de perderla nos dijeron que lo mismo podía vivir dos que diez días. A veces, cuando estaba durmiendo, imaginé que ya se había ido de su cuerpo el ángel que nos da cuerda por dentro, pero volvía a abrir los ojos que se le fueron haciendo transparentes y pedía agua, o unas calabacitas a fuego lento. *No se irá nunca*, pensamos, mientras se estaba yendo. Tenía pasión por los árboles, y culto por sus hijos. No se quería morir para no darnos esa pena. Nadie que yo conozca se ha negado con tantas fuerzas a la muerte. Ni Maicha, señora de los leones, ni tía Luisa, ni Mayu ni Sabines, que quisieron vivir, más que sus vidas. Ni siquiera doña Emma, que peleó como brava contra la enfermedad y en contra nuestra, que no queríamos que fuera a ningún lado con su conversación iluminada y sus dedos heroicos. Solo Luisa, la niña de Rosario y Miguel Ángel, batalló más, pero tampoco pudo más. Era de otro planeta, allá ha de estar, porque su hermano pierde la cabeza siempre que sale la primera estrella. Ha de andar como Eduardo, mi ahijado, cuya risa era un lujo de tal suerte que a veces se detiene en el aire y desde ahí convoca un puño de diamantes.

Los voy nombrando y pesan en mis hombros. Pesan sobre mis ojos y en mis manos. Cinthia y el horizonte en que bailaba, Pablo tocando una guitarra cerca de los sauces. Mata y Vives, como un espejo, acompañándome a penar un solo imposible bajo sus nombres arrancados. Y Soumy hundiéndose en el todo de tantos, con una suavidad que quita cualquier miedo.

Voy pudiendo nombrarlos, pero con sentirlos me sobraría. Tengo una carta que mandó Julia Guzmán hace treinta y cinco años, la encontré ahora, sobreviviendo a los varios incendios que han dejado mis cambios de estudio. Ella era escritora en un tiempo en que serlo parecía un remilgo a la dorada profesión de esposa; augura ahí que yo sería lo que ella. Por darle la razón creí eso un tiempo. Ahora escribo sin más y la recuerdo, con sus lentes colgando de unos hilos, con sus ojos colgando de un abismo. Vi a Pastor, su marido, ateo como los de antes, con un tiro en la sien y un recado también como los de antes: «Que no se culpe a nadie de mi muerte». Aún enhebro un enojo cuando se me aparece su estampa derrotada.

Una parte de mis muertos casi no me supo. Yo sé mucho más de ellos. Mis abuelos paternos me vieron unos años, esos en los que fui un escarabajo rubio que apenas sabía hablar. Mi abuela Ana, cuando estoy memoriosa, me ve creerme culpable porque el día que murió sentí alegría: no iríamos al colegio. Sin embargo tengo tatuada en alguna sinapsis la voz más triste que he oído en mi vida, diciendo que había muerto la abuelita. Mi papá volvió a Italia contra la voluntad de su madre, que vio venir la guerra con tanta pena como euforia le daba a su marido, porque ahora que ando en sus cartas, no lo puedo creer pero el abuelo quería la guerra y gozaba el orgullo de darle un hijo a su patria que para mi fortuna no se lo quitó. Hubiera podido ser la hija de otro hombre, pero entonces no habría sido yo.

«Qué estupidez estás diciendo», opinan en mi oído los espíritus. «Si retornara el viento», decía un novio que no tuve porque era tan viejo como joven fue cuando escribió su «Inútil divagación sobre el retorno»: Renato Leduc. Vuelve alguna tarde a preguntarme cómo es que ya no me gustan los toros, vuelve para hacerme reír. Pocos años después que él, murió Ignacio Cardenal. Generoso editor de ojos oscuros, llevó a Madrid mi primer libro y trajo a México, al traerse él mismo, a mi primer amigo español.

Y el niño que perdí, ¿habrá sido niña? Ni una cosa ni la otra. Era un atisbo. Con todo, dos células regresan y se cuelan diciendo que mis hijos hubieran sido tres. Ya lo sé. Estoy atada a un atavismo. No hay muerte ahí donde no hubo conciencia de la vida. Pero hay vida en una gota de agua aunque ella no sepa que está viva.

Mis muertos. No he dicho a Manuel Buendía, asesinado a los pies de su oficina justo porque sí vio venir el narcotráfico. No hay un disparo ahora que no me traiga el suyo. Y fui a su entierro embarazada de mi hija, que tiene veintiséis años. Vieja guerra la nuestra.

¿Quién me falta? Casi todos los de ahora, pero a ellos no los iré nombrando porque aún están cerca, son de los que no me hablan. En los de antes: Mané. Era la madre de mi madre y entendía como nadie la dicha que le cabe a una ficción. Vivió en una: su marido era un sol, sus hijos las estrellas, su jardín el paraíso, su parálisis no conoció una queja. Ella es la responsable del gusto familiar por el azúcar y el pan. Grandes supuestos males de nuestra época, pura fortuna de la suya. De ella que, como el trigo, no conoció ni odio ni orgías.

¿Quién me falta? Estos años sin ira y sin dios contra el que ir, se me han muerto tantos bienamados como vivos tengo. Es noviembre y andan todos aquí, han venido a comer, en los altares. Muertos de todos nuestros días, de toda urgencia. Que no se vayan lejos, que se quede noviembre entre nosotros. Noviembre, el mes que los revive a todos.

Compañía en llamas

Hay quienes gustamos de diciembre. Locos, andadores de la emoción a secas, de la aromática impaciencia, de la dicha trivial, de los abrazos.

Crecí en una familia para la que diciembre no podía tener penas, aunque hubiera que meterlas bajo el tapete. Diciembre era los otros, era la vida al ras, la memoria, pero solo feliz, de los que ya no estaban. En aras de los vivos, quedó prohibido el duelo en estos días.

Ni siquiera en el año que murió mi padre, ni ese aún más insólito en que murió su hermana, se detuvo la Navidad de mi madre, sino para rendirse a la alegría: mi padre aún frente al fuego, dándole cuerda al reloj; su hermana jugando con la nieve, bajo el volcán.

«Qué familia tan tonta», habrá quien piense, hubo quien me lo puso entre los ojos. Para Héctor diciembre era triste sin más, porque no estuvo quien debía estar cuando debía, y la memoria de una ausencia marca más que todas las manos entercadas en alumbrar la casa.

Hubo, pero ya no hay, cerca de mí, quien le temía a la euforia de estos días, quien le pedía tregua a mi optimismo, a la necedad con que les inventé a mis hijos la joya de las fiestas, quien no me vio ceder durante tantos años, que ya está de mi lado, que ya espera este diciembre, deliberando lo que habrá de pasar en el siguiente. Los niños que eran míos eran yo misma, las fiestas de otros, memorial de las mías; la fiesta nuestra, casa de quimeras. Diciembre era celebración: ese legado tengo en la cabeza, para que sea promisorio en quienes me rodean. Aunque estos años de ahora hayan puesto a mis pies tantos cadáveres amados y tantos tan temidos, no voy a regalarle a nadie el gusto de amargar a los niños con historias de horror que niegan el futuro, ni a los niños de verdad: José María y Eugenia, Pedro y Laura, ni a los que me caben adentro y que miro allá afuera en la cara de mis contemporáneos, de mis hijos, de mis viejos aún vivos este diciembre que hemos de llenar con gratitud.

En mi casa nunca se hirió con quejas este mes consagrado a ceremonias que bendicen al Sol, al nacimiento, al árbol. Mi familia aún creía, como yo ahora, que a quienes necesitan hay que darles. La caridad se ve hoy como limosna y estos tiempos la tratan de tonta, nos dicen que es cosa de programas y proyectos, de enseñar a pescar y no de dar pescado. Ha de ser. No lo dudo, como tampoco dudo que haya habido razón en el aire generoso de aquellos diciembres empeñados en los demás, sin más plan que el deseo de que su presente estuviera alumbrado por un afán de futuro.

Disfruto la Navidad justo por la misma razón por la que extraño a mi madre: porque ambas han sido conmigo generosas, iluminadas y sabias. En esta época sé que mi madre, en diciembre, era en sí misma la Navidad. Y todo la evoca, así que no pienso cejar en el empeño de recordarla con alegría; de encontrarla en las velas, en los dulces, en la rifa de los regalos, en el qué para quién, en el cuántas gotas de vainilla y cuánta canela para qué. Mucha gente querida se apena en estos días. No creo que sea justo, aunque esto de las emociones no pase por la justicia, sino por la necia injusticia. A cada quien lo que es de cada quien: el terco deseo de esperanza en que me crecieron me obliga a responder con lo mismo que recibí. No consentiré, en estos días, más pesadumbre que esa que querría evitar en los ojos de otros, la que querría evitar en todas partes.

Una ilusión rojiza

Recuerdo la luz rojiza yendo y viniendo en la breve oscuridad de la madrugada. El árbol de entonces tenía unas luces como velas que al calentarse hacían burbujas. Había un placer grande en hacerse del privilegio de llamar a los demás, de ser quien descubría los regalos en la punta de los zapatos y un silencio iluminado sobre ellos y el mundo expectante; ahora imagino que cualquier cosa parecía saber que en ese silencio había un mundo de emociones en vilo. Tras el llamado, los demás hermanos bajábamos corriendo y una sensación de plenitud lo envolvía todo. Así lo recuerdo. Hay, entre las seis noches de evocación en torno a esos días, porque a los cuatro empieza a tejerse la memoria y a los diez se acabó la fe en el milagro, dos que recuerdo mejor: la de las muñecas con trenzas, y el tren eléctrico. ¿Habrán sido ambas la misma vez? Dos muñecas, una de pelo negro y otra de pelo rubio. Una de Verónica y otra mía. ¿Cuántos años tendríamos? ¿Ocho? ¿Siete? Estoy viendo a Verónica, con los labios apretados, jaloneando la caja para sacar a la morena.

Cuando trajeron el tren eléctrico, el más entusiasmado era mi papá. No puedo rememorar ese tren sin pensarlo, así como no puedo pensar en el Día de Reyes sin pensar en mi mamá. Sé que el esfuerzo de buscar los juguetes, cargarlos, encontrar el mejor precio, fue siempre de ella. Imagino que mi papá la ayudaba a colocar lo que iba junto a cada zapato, los invoco a los dos poniendo los regalos, mirando cómo les había quedado toda la escenografía que encontraríamos sus hijos al día siguiente. Y los bendigo.

Unas cosas se nos quedan en la memoria como fotos, otras como videos, otras como párrafos de un libro, como poemas, como cuentos. Casi ningún recuerdo es del tamaño de una novela: como no sean los de Proust, duran segundos o minutos, a veces son una obsesión de horas, pero siempre son a saltos. Ponerlos cerca y tejer un libro es un reto que pocas veces resulta un prodigio.

«Los Santos Reyes son los papás», dijo alguien o dijeron, uno tras otro, varios de los niños entre los que crecí. Ya no era muy chica. Tenía diez años, edad en la que ahora es imposible seguir creyendo que del cielo bajan unos reyes con regalos. ¿Hasta qué edad creerán ahora los niños en los Reyes Magos? Mis hijos llegaron como hasta los nueve y siete. En parte fue mi culpa porque ellos se adelantaron a Puebla con uno de mis hermanos y los alcancé con los juguetes en la cajuela de mi coche. Mateo y Arturo, que tenían eso, como nueve años, hurgaron por ahí y al encontrar las bicis le fueron a contar a Catalina que ahí estaba la prueba de que yo era los Santos Reyes. La afligieron muchísimo.

—¿Cómo no me lo dijiste? —le pregunté hace poco—. Te hubiera inventado que las bicis las traía yo, pero que ellos traerían algo más.

—No te lo dije —confesó— porque Mateo me pidió que no te quitara la ilusión.

¡ROGAD POR NOSOTROS!

Quién sabe en qué año remoto habrán construido la iglesia de Santiago en Puebla; ahora tiene una torre de una, y otra de otra. Alguna vez fue la pequeña parroquia de un barrio en las afueras de la ciudad. Al principio de los años cuarenta del siglo pasado la recibió en custodia un padre joven, inocente y bondadoso recién llegado de Roma: era el hijo único de una eterna viuda y el único hermano de dos mujeres que lo adoraban. Con la pena y el orgullo de todas, el muchacho pasó un tiempo en el Vaticano, de donde volvió con el sonoro título de Monseñor Rafael Figueroa, Prelado Doméstico de Su Santidad. Cuando lo conocí no era muy joven, pero tampoco era viejo; se venía volviendo gordo porque no tenía otros placeres además de la buena mesa, la vocación por los adornos refulgentes y los títulos nobiliarios. El pobre alcanzó pocos títulos, pero su inocencia le daba para estar contento con ellos. Lo de Prelado Doméstico de Su Santidad sonaba muy elegante, aunque mi papá lo explicara diciendo que ese nombre se les daba a quienes se hacían cargo de cuidar las bacinicas del Papa.

Sin embargo, semejante cargo en la distancia no daba esos deberes y en cambio proveía un título que deslumbraba con sus brillos a la mayor parte de su feligresía. No a nuestra familia, que hacía bromas en torno a los filos púrpuras con que su sotana lo diferenciaba de su vicario, o las hebillas doradas que ponía en sus zapatos cuando la ocasión lo ameritaba. A nosotros semejantes atuendos nos conmovían, pero a la escasa parte de feligreses ricos que tenía la parroquia los irritaba su falta de buen gusto y sin ninguna generosidad le pusieron un sobrenombre desnudo de noblezas: Chanclas de Oro.

Adivinar si habrá sabido que así lo llamaban, quizá no, porque vivía entre una nube de querubines que en el centro tenía su irremisible fervor por la Virgen del Sagrado Corazón, una imagen mucho más glamorosa que la del caminante Santiago. No recuerdo a nadie cuya candidez me siga conmoviendo tanto.

Creo que su parroquia le daba un poco de lástima y de ahí viene lo de las torres distintas: en un golpe de emoción decidió agrandarlas y hacer de piedra lo que era solo de ladrillo y cal. Iba a la mitad cuando el Instituto de Antropología e Historia llegó a detener la obra. Semejante encuentro dio como resultado una joya del desvarío que ya estaba así cuando nosotros nacimos, cuando nos bautizaron y cuando, contra la costumbre de las parejas refinadas de la época, mis padres se casaron bajo su cúpula.

La iglesia tiene un atrio pequeño con piso de cantera y rejas de fierro. En él, hace unos días, volvimos a conversar bajo el sol cayendo a plomo a la una de la tarde y el aire parecido al que tantas veces cruzamos en la niñez, esa época en que ni nuestra madre sabía el caudal de azares y naufragios que le caben a la palabra «tiempo», el enemigo que nuestro padre había conocido lleno de iras, con cuya evocación no quiso nunca interrumpir nuestro jolgorio.

Santiago fue la iglesia bajo la que crecimos. Antes había sido la parroquia en que nuestra madre y su hermana Alicia enseñaron el catecismo a unos niños desharrapados. En ellas dos cabía completa la voluntad a la que luego mi madre volvió un verbo de dos palabras: hacer patria. No imaginaban cómo remediar la indigencia que veían a su alrededor, ni se les ocurría que fuera posible otra cosa que parcharla con caramelos y posadas, así que a eso se dedicaban con ardor y hasta las últimas consecuencias. Un día entero trabajaron haciendo una piñata que no consiguió atravesar entera ni la primera parte del jardín que rodea la iglesia: en el camino una docena de niños pelones le arrancaron los adornos de papel picado y se quedaron con la olla y los cacahuates, divertidísimos frente a la desazón de las maestras. Estaban urgidos de todo. Iban al catecismo para ver qué golosina les regalaban las muchachas de la Acción Católica.

Con los años no cambiaron mucho ni los niños ni el ánimo con que nuestras madres nos enseñaron a enseñarles el «Por la señal de la Santa Cruz», haciendo un garabato con los dedos de la mano derecha.

Del paso por la parroquia en los primeros tiempos, recuerdo los pisos de mármol rojo, pringados de parafina, sobre los que caminábamos nosotros y los niños descalzos, con sus padres descalzos, rumbo a la misma comunión. Hoy no hay gente descalza en nuestras calles. Hay quizás una pobreza más inmutable y una riqueza más drástica, pero la diferencia en la ropa y el jabón no se ve tan infame.

Ahora que anduvimos allí, la iglesia estaba limpia, y aunque el barrio no es rico, todo él está más cuidado. Parece que alrededor del parque hay las mismas cosas: aún están la panadería y la miscelánea, pero en la esquina principal ya no está la cantina El Gato Negro, ni frente a esta dormita entre moscas y perros una carnicería. Ninguna de estas dos fiestas de la mugre se permite ahora con tal desparpajo.

A las puertas de El Gato Negro se rendían en la mañana uno o dos borrachos. En las tardes, el proverbial nevero del barrio terminaba ahí su jornada. Era un hombre consumido, con una desgarradora voz de soprano en desgracia, usada a plenitud para avisarnos que iba pasando con su nieve de limón, tersa como ninguna. Al final de la calle estacionaba su carro de madera pintado de verde y empujaba los batientes de la pulquería para entrar arrastrando su pata de palo hasta perderse en el húmedo aserrín de los pisos.

Al parejo de esa esquina descendían las vecindades y desaparecían nuestras casas. Era el origen de otro mundo, para ese lado no íbamos mucho, caminábamos hacia el otro, rodeando la carnicería para ir a la iglesia los domingos.

Mi padre y mis hermanos llegaban siempre a tiempo, mi madre y nosotras siempre al borde del evangelio, porque si era más tarde, la misa ya no valía: en el fantástico tribunal divino había horarios y premisas irrebatibles.

En cambio, nunca llegábamos a tiempo a los bautizos. Ni hubiéramos cabido en la sacristía ocupada por una pila de mármol blanco, muy parecida a la que sale en *El padrino*, alrededor de la cual, en vez de terribles asesinatos, se perpetraba toda clase de empujones y pellizcos entre quienes, empeñados en ver al niño llorar cuando lo mojaban, en vano se ponían de puntas adivinando en la distancia en qué iba la ceremonia de ingreso a la fe católica que celebraba, con su voz de contralto desentonado, el buen monseñor Figueroa. Se oía de lejos su latín contundente y nada parecía estar más a salvo que la vida parsimoniosa, lenta y eterna, comprometida entre esas cuatro paredes.

Ahora volvimos a Santiago para una misa con la que recordamos a nuestra madre. En realidad queríamos hacer un concierto, para pensarla acompañados de quienes la quisieron; encontramos el coro ideal y el preciso lugar que urgía a nuestra memoria, pero no estaba el padre Figueroa. Estaban, sí, los santos con su espanto. Volví a ver a uno verdoso que tiene un libro en una mano y una calavera en la otra; al pasar por ahí yo siempre volteaba el gesto inútilmente, porque del otro lado había un Cristo cuyo cuerpo llagado aún asusta ahora.

No estaba monseñor Figueroa ni su delirio, ni su colmada fe, ni el olor marchito de la parafina y las gladiolas. Estaba, sí, la Virgen del Sagrado Corazón, reinando sobre la iglesia toda; ella, inmensa y dorada, con su niño en los brazos y sus imaginarios milagros. No estaban las catequistas ni los niños que fuimos, pero encontramos la luz intacta de la infancia y con ella la voz remota del padre Figueroa: «Acordaos, ¡oh Nuestra Señora del Sagrado Corazón!, del inefable poder que vuestro divino hijo os ha dado sobre su corazón adorable...»

Estaba, entonces, la gente que se amontonaba con los brazos en cruz y nuestra madre poniendo cara de que la religión era otra cosa. «...Concedednos, os lo suplicamos, los favores que solicitamos.» Estaba entonces el rumor de una multitud suplicando. Estábamos, ahora, nosotros, irónicos y tristes: «No, no podemos recibir de vos desaire alguno, y puesto que sois Nuestra Madre, acoged favorablemente nuestros ruegos y dignaos atenderlos. ¡Así sea!»

Tristeando como un león

Había en el Paseo Bravo —llamado así por un héroe independentista de nombre Nicolás— un león en una jaula, paseándose día y noche en los dos metros por dos metros de su celda. Todo el zoológico de mi infancia cabía en tres jaulas: una con dos monos, un foso con diez víboras y la del pobre león, huesudo león, aburridísimo león. Tristear es lo que hacía ese león. Y darnos pena.

Una noche de ocio, cinco majaderos —que entonces nos parecieron dignos de cárcel— le dieron un tiro al león. Lo mataron. Nunca se me olvidará mi abuelo Sergio enardecido. Ya no sé, pobre animal; a lo mejor le hicieron un bien. Cárcel merecían también quienes lo pusieron ahí, tras una reja, lejos de su padre y su abuelo, los hijos que no tuvo y la leona que no le permitieron.

Yo, como el león, ando tristeando. La computadora me subraya tristear, no acepta la existencia de semejante verbo. ¿Cómo no me consultaron antes de hacer el diccionario? Tristear es una actitud irracional, sin duda, un estado del alma que no necesariamente es estar entristecido, es que la tristeza se meta en nosotros sin causa aparente y se ponga a conjugar su actividad sin nuestro permiso. Tristear es sentir el ocio como una maldición y sin embargo saberse incapaz de hacer algo útil, tristear es tener hambre acabando de comer, es urgencia de una comedia musical, de un clásico que ya hayamos visto pero que desearíamos no conocer para enfrentarlo con la inocencia de la primera vez. Tristear es extrañar a nuestros muertos sabiendo que no vendrán porque los invocamos. Tristear es como caminar al revés, como tener las rodillas mirándose una a la otra, como hacer el bizco, como no encontrar el tono de una canción. Tristear es no acordarse del nombre de alguien a quien querríamos ver. Tristear es sentirse solo sabiendo que está uno acompañado. Tristear es no atreverse a decir «tristeza».

Gurrumina

Su madre la llamaba Gurrumina Cascanueces. Nunca supe cómo decidió que semejante combinación de palabras servía para nombrar a María Elena Josefa de la Virgen de Guadalupe de la Concha Maurer Traslosheros Tolentino, su hija. Pero así la llamaba en momentos precisos y preciosos, como cuando quería que fuéramos del árbol en que jugábamos, al comedor, para la cena. Yo entré al kínder a los cuatro años. Mi amiga de la infancia y de toda la vida entró al colegio a los nueve, a cursar el tercero de primaria. Antes, como en otros tiempos, tuvo una profesora para ella sola que iba a su casa a enseñarle a ella nada más. Semejante mezcla de lujo y barbaridad ahora sería impensable, pero ya entonces se veía como una rareza. Era una niña linda. La peinaban de dos trenzas. El día que nos conocimos, llevaba unos moños blancos con puntos rojos. Me preguntó si quería yo ser su amiga, le dije que claro. Y hasta la fecha. Me da tanta ternura recordarla: tan inerme y tan firme. El 27 de abril cumple años y es seis meses mayor que yo, así que ha quedado a cargo de recibir las emociones de la nueva edad y contármelas con anticipación. Ahora cumplió sesenta. No he conseguido encontrarla en todo el día, de modo que aún no me entero de qué sintió al amanecer. Yo sentí gusto por ella. Muchas veces le ha costado trabajo vivir, y con razón. El hecho es que ha sabido hacerlo y es una sobreviviente de por lo menos cuatro desfalcos inexorables; a cambio, la vida le dio varios milagros. Sé que cuando hace las cuentas va saliendo bien librada pero, a veces, la ha tenido más difícil que otros; por eso, cuando la recuerdo, quiero abrazarla el doble.

VOLANDO

Cuando terminé la preparatoria, a los dieciocho, detuve el mundo un ratito. Y me puse a trabajar —es un decir— ayudando a mi papá en el lote de venta de coches usados que era su negocio. Aún resulta conmovedor pensar en los atajos de mi padre: estudió ingeniería automotriz en Italia, pero en México la única manera de tratar con las máquinas de los autos era vendiéndolos; él tenía pasión por los automóviles y urgencia de mantenernos con algo, así que vendía coches usados. Su local estaba junto al de los Dib, que tenían más vocación y destreza para las ventas que cualquiera que pudiéramos poseer nosotros: cuando un cliente caía en mis manos, lo probable es que saliera sin comprar nada. Cuando caía en las de mi padre, el interesado se llevaba un coche, lo que no significaba que lo pagaría; éramos pésimos vendedores. En cambio Julián y su padre, en el lote de junto, comerciaban todo el día, y en los ratos de ocio nos visitábamos. Quién sabe de qué hablaríamos, porque ahora no me imagino ningún punto en común. Pero entonces Julián hijo empezaba las conversaciones diciendo: «¿Quépsógelitos?», y algo contábamos después. Era largo y flaco, tímido y escéptico; hablaba una media lengua. De niñas su hermana

Lola y yo fuimos muy amigas y su papá me regaló la primera caja de mi larga colección: una caja de puros, vacía, oliendo a tabaco y madera que aún recuerdo como un tesoro. Los Dib eran como unos parientes sin papeles, legales y legítimos como otros. Luego el tiempo nos puso a cada quien en lo suyo y no nos vimos en años, pero supe que Julián tuvo una hija preciosa con una mujer sabia y feliz, que después se casó y tuvo dos hijos y que siempre, pero siempre, tuvo pasión por los coches y la velocidad; tanta, que fue de los coches a los aviones y murió pilotando uno en el que hacía piruetas. Julián era un piloto preciso aunque insensato; diestro, pero arriesgado. Creo que gozaba volando aviones, eso se dice ahora y se dijo mucho. Así hay que pensarlo. Murió en el azul que tanto le gustaba, y quien crea en otras vidas ha de mirarlo allá. Yo, que creo en esta, abro ahora la ventana, veo el horizonte rompiendo un lugar entre los árboles y me imagino que algo de su pasión por los aviones debió haberse quedado entre las nubes.

Prestidigitación

Yo podría ser un mago, porque mi habilidad para confundir a los demás no tiene límites. O prestidigitador, pero de la lengua para afuera. Ofusco a los demás mientras platico. Y no lo hago por gusto sino porque en alguna parte aprendí que la amabilidad debía mostrarse con palabras, un equívoco que una vez convertido en hábito indiscutible provoca pequeños pero frecuentes desbarajustes. Ya me dijo Edith Wharton en sus memorias que en la vida uno puede hacer lo que quiera, siempre y cuando no trate de explicarlo.

Como si nunca hubiera oído el consejo, voy por la vida dando explicaciones. Y, mientras las encuentro, confundo a los demás.

Mis seres más cercanos saben esto. Con todo, a cada rato logro confundirlos.

Así escribo

Me gusta escribir. Me gustó hacerlo con un lápiz a los seis años, con una pluma fuente a los nueve, con un bolígrafo a los doce y en una máquina verde a los catorce.

Hubo un tiempo en que las niñas tomábamos clases de mecanografía. Nos enseñaban a escribir con los diez dedos y teníamos que aprender con acierto el lugar en el que estaban los signos. Aún escribo sin ver el teclado, con la memoria que encuentra la interrogación a la derecha y las comillas a la izquierda. Solo bajo la cabeza de vez en cuando, como una gallina que busca su maíz: las letras.

Mis amigas tuvieron una Lettera 22, guardada en un ligero estuche azul. Yo iba a las clases cargando un maletón del que salía ese artilugio de fierro con teclas sólidas que me avergonzaba entonces y que ahora moriría por tocar. Me lo robaron el año en que llegué a vivir a la ciudad de México. Había sido de mi papá hasta unos meses antes; cuando murió, la heredé yo, no sé por cuál designio ni de quién. El día que la cambié de ciudad, cayó en manos de un ladrón que no supo cuánto me quitaba. Una máquina de 1940; la habrá vendido en nada. Ni pensarlo.

Desde entonces escribo en cualquier máquina y trato de no encariñarme con ninguna, pero todas han tenido sus encantos. Aún no puedo escribir un texto largo en las teclas fingidas bajo el cristal de mi iPad, pero quizás un día también aprenda. Sin duda con menos miedo del que sentí frente a mi primera computadora: una autómata que todo se lo comía. Escribir en ella era como andar arriesgándose a perder a los niños en el supermercado. Al más mínimo descuido, se borraba el texto que había estado trabajando toda una tarde. A veces las pérdidas reaparecían a la mañana siguiente, pero otras no volvía uno a saber de ellas. Los dos primeros cuentos de *Mujeres de ojos grandes* no pude recuperarlos nunca, por más que anduve y reanduve hurgando en los archivos. La verdad es que no sabía ni archivar, era complicadísimo; entonces abandoné el intento de buena relación con los avances de la ciencia y volví a la mecánica de mi máquina eléctrica hasta que terminé ese libro. Gran cosa las máquinas de escribir eléctricas. La primera que vi la compró mi abuelo, al que le daba por adquirir los más preclaros adelantos tecnológicos. La puso cerca de una ventana y en ese hueco hice las tareas muchos domingos. Ahí redacté la solicitud para entrar al Centro Mexicano de Escritores. Sin duda era un mecanismo fantasioso aquel invento en que imaginé un imposible. La beca me la dieron, el libro que conté no se contó jamás.

Pero la primera máquina eléctrica que usé con regularidad estaba en la oficina de la revista *Siete*, a la que me había invitado a trabajar Gustavo Sainz. Era yo la jefa de redacción y la única redactora, así que mientras estuve allí pude creer que la máquina era mía. Luego volví a la regularidad de las mecánicas: durante mucho tiempo compartí una con mi madre, después heredé una que abandonó Héctor cuando se entregó, con el mismo fervor con que hace todo, al uso de una computadora con la pantalla negra, las letras verdes y un cursor palpitante que a mí me aterraba. Mientras hacía avances espectaculares, yo me apegué a la muñeca fea que él abandonó; encorvada sobre ella, sin más costo que su ruido, escribí *Arráncame la vida*. Solo aprendí a usar la *compu* hasta que empezaron los años noventa. Ahora no sé escribir de otra manera: no puedo ni pensar en los días de goma y pegamento, tijeras y alborotos cada vez que una línea estaba tan mal que rondaba la amenaza de reescribir completa la misma página.

Ahora ya casi no imprimo nunca nada. Todo error se hace aire y luz, igual que algún acierto. Eso sí, tengo libretas en cualquier rincón y en todas las bolsas, pero solo las uso para hacer notas que luego no recupero. A mano escribo poquísimo y fatal. Siempre saqué diez en caligrafía, pero ahora no puedo poner una letra pegada a la otra; cada vez las hago más grandes y más separadas, hasta que termine escribiendo como en preelemental.

Y ojalá. Porque entonces iba a la escuela de nueve a doce y de tres a cinco. Lo que ahora daría por tres horas continuas de concentración en la mañana y dos en la tarde. Ojalá.

Impávida y curiosa como entonces, me gustaría escribir, no digo cinco: dos horas diarias. Paso mucho más tiempo, ahora, en mi escritorio —en este cuarto que se abre a un horizonte de cielo y árboles, solo para mí— del que pasé otros días en un pequeño espacio entre la escalera y la cocina, soñando con esto de la habitación propia. Esto que ahora tengo y gozo, aunque inventar aquí sea más difícil. En un cuarto frente a las nubes, ¿para qué invento algún otro? Así que escribo mucho más, pero también mucho menos, porque me rige un desorden permisivo. Ando aquí, pero también en internet y en el correo electrónico, en los periódicos y en el temible *blog*. No sé ya si seré capaz de hacer un libro. Lo digo y tiemblo: si me vuelvo incapaz de hacer un libro, ¿de qué seré capaz? ¿Iré a morirme pronto? ¿Cuándo es pronto? ¿De qué me dará tiempo?

Cómo escribo, quieren que les diga. Qué más da cómo escribo, si lo que estoy haciendo es no escribir. Urgida de contar y callándome; caminando en la red como una araña que no sabe tejer, que expropia el andamiaje de otros para ir a todos lados y a ninguno. Tengo una historia, solo una historia cerrándoles el paso a las demás, y así la escribo, no escribiéndola. Por eso no quería ponerme aquí a pensar en estas cosas.

De nueve a tres escribí muchos años. Toda la infancia de mis hijos. Todas las mañanas. Ahora escribo casi siempre en las noches. En el día pierdo el tiempo, y mientras no lo encuentre, escribir no será sino este lento divagar de las noches, este no conseguir lo que más me gusta de todo este oficio: la precisión. Porque solo la precisión conmueve y solo conmover importa. Si algo debe sentirse, conseguir que se sienta. Si algo debe verse de cerca, que podamos tocarlo. Si un perro ha de seguir a un hombre, que mueva la cola, y que quien lee, siga el vaivén de esa alegría.

No importa cómo escribo: importa qué. Importa no enmudecer en el camino. Con humildad quiero escribir, levantada en la mano del deseo, jugando. Quiero escribir como cuando platico, sin tregua y sin mirarme demasiado. Puesta solo en la historia, solo en el gusto de contarla para que alguien quiera leerla.

Escribo a solas, a veces oyendo música, muy al fondo, baja y sin palabras. O con palabras que se funden en el sonido todo, como en la música sacra. Da igual lo que diga, el caso es que suena a oración y que oír un Agnus Dei alivia a quienes no rezamos ni ante la muerte, pero estamos urgidos de pedir misericordia; yo, sin duda, cuando escribo.

Porque contar las dudas no da miedo. Miedo escribir deseando alguna certidumbre. Incluso la de no encorvar la espalda como gallina, en busca de las letras.

Ninguna entereza

He revivido la primera vez que vi un muerto. Era mi muerto.
Era el hombre que apenas el viernes había entrado silbando
a la hora de comer, era el refinado y paciente ser humano
que mi hermana vio dándole cuerda al reloj, el sábado antes
de enfermarse. Era quien fue escritor desde tan joven que
nunca creyó saber que lo era. Mi muerto con las manos tan
blancas: distante y ahí cerca, a solas conmigo en el cuarto de
hospital. ¿Cómo fue que me quedé a solas con él? ¿Adónde fueron los demás esos segundos? No lo recuerdo y no
importa. Ninguna soledad más entera que aquella. Ninguna entereza mejor ganada que la mía de entonces. He visto
tras él muchos muertos, un día empezarán a ser más ellos
que mis vivos, no será nunca un hábito esa cercanía, menos
cuando empezó temprano con alguien adorado. Ni el dolor
será un hábito nunca. Lo supe la tarde en que me hice vieja
de golpe, cuando murió mi madre hace muy poco.

Debajo de una campana

Recuerdo a tientas, pero casi estoy segura de que fue en Milán, cerca del castillo Sforza, en un parquecito. Era mi primer viaje a Italia, tenía veinticuatro años y fui con un amigo al que le gustaba la música, que me invitó por puro buena gente.

Muchas veces pasábamos el día cada uno por su lado, metido en cada cual y sus divagaciones.

De seguro mi papá caminó muchas veces cerca del castillo Sforza.

Construido entre 1358 y 1368, el castillo sufrió muchas adversidades. Solo hasta 1880 se consideró que debía prevalecer. El caso es que en 1974 andaba sola, vagabundeando en torno a la impertérrita construcción, cuando vi a un grupo de gente alrededor de una mesa pequeña. Sobre la mesa había dos campanitas, y tras ella un hombre parlanchín que no dejaba de moverlas. Yo no lo había visto nunca, pero era la ejecución del famoso truco «dónde quedó la bolita». Ya saben ustedes: debajo de una campana hay una pelotita y quien maneja el juego mueve las campanas y cambia la bolita —aquella era negra como una munición— rapidísimo, de un lugar a otro.

El hombre pedía apuestas y la gente se divertía mirándolo, pero nadie le entraba al juego; hasta que llegó la estúpida turista mexicana. Entonces un tipo quiso apostar y el campanero le tomó la apuesta. Hizo el juego, el señor adivinó y ganó sus liras, lo volvió a hacer, volvió a ganar, lo volvió a hacer, volvió a ganar, y se retiró con la derrota y decepción del campanero, que perdió en aquel juego el equivalente de lo que yo tenía para gastar en todo el viaje. ¿Así de fácil podría duplicar mi ahorro? Le entré al juego. Puse diez liras, acerté con el lugar de la bolita. ¡Qué tentación!

El hombre era rapidísimo. Hablaba rapidísimo, se movía como un colibrí y exigía. No sé cómo consiguió retarme: abrió una apuesta del tamaño de mis liras, yo las puse, él movió las campanas, no acerté, y sin más trámite ni la más mínima condolencia, el tipo alzó la charola que apoyaba sobre unas patitas plegables, cargó con las dos cosas bajo el brazo y con las campanas en el bolsillo. Junto a él caminó el hombre que había apostado y ganado todo antes que yo, conversando y riéndose en una tertulia que me hizo enrojecer de la vergüenza; los curiosos se dispersaron y dos policías cruzaron con su escepticismo de nacidos bajo la guerra de hacía treinta años. Me cayó encima una tristeza del tamaño del castillo. Cerca vi una banca contra la que pegaba un sol tibio; me acosté sobre ella para respirar hondo.

¿Por qué recordé ahora este desfalco? No sé. Quizá porque llegó el estado de mi cuenta bancaria y está muy lejos de su mejor momento. Pero es caprichoso el vicio de la memoria a saltos.

SOLO ES NUESTRO

Desarmé un marco para sacarle la foto en que estoy con mi padre, siendo muy niña. Debajo de la foto había un papel que dice: «Solo el que ha muerto es nuestro. Solo es nuestro lo que hemos perdido». No inventé semejante belleza, pero no sé de quién será; no puse el nombre. Me conmueve la yo que fui cuando la copié. Ya no creo eso. Ya no creo que sea nuestro lo que hemos perdido. Lo hemos perdido: lo demás son palabras. Suena consolador, matiza el agravio, pero no consuela.

TRISTEZA, ¡LARGO DE AQUÍ!

De repente, con el sol tibio de la primera tarde, entra, como si nada, la tristeza. Cínica, violenta, narcotraficante, simuladora. ¿Con qué derecho pretende arruinar un día cuyo destino es la sencillez, el lento ir y venir de mi andar por las teclas, las palabras y la música que siempre me acompaña? Me educaron para entender que la vida puede traernos penas, para aceptarlas sin ira, porque son la contraparte de las dichas y uno no es nadie para pretender que haya unas sin las otras. Sin embargo, las penas son con pan aunque sean penas, cuando tienen cerca una causa. Pero esta repentina irrupción en mi paz, esta confianza con la que quiere entrar en mi ánimo solo porque se le da la gana… ¿Por qué murieron mis muertos? ¿Por qué si no muero ni hoy ni mañana ni el año próximo, algún amor de mis amores puede morir antes que yo?

Debo tener hambre, me digo. Voy a beber agua. Hace calor. Pero si a mí el calor me gusta, digo. A mí la tristeza me da frío, así que ¡largo! ¡Largo de aquí, señora del delirio que no va a ningún lado! ¡Largo, que tengo mucho que hacer!

«Largo», le dije. Y se fue.

Caos con jirafas

Yo nunca había visto una jirafa. Las descubrí solo hasta que vine por primera vez a la ciudad de México.

Fuimos al zoológico de Chapultepec y ahí una jirafa mordió el listón de mi trenza y me jaló hacia su cuello largo; a mí, que solo entonces estuve cerca de ser alta.

Volví a la capital otra vez, a los doce años, acompañando a mi abuela a soñar con que compraba los regalos de Navidad. Visitamos todas las tiendas posibles, como quien visita museos; supuse que habíamos venido solo a mirarlas, pero de pronto mi abuela compró un revistero y una corbata. Ya no le quedaban pies y cargaba más dudas que un templo: no sabía qué regalo para quién, ni por dónde buscarlo. Pobrecita. Tengo de esa semana la memoria del Zócalo como uno de los ombligos del mundo, y de la calle Madero como el lugar en que aprendí el significado de la palabra «multitud». Tengo aún, en esa parte de la memoria que nos hace reír, la desazón de la noche en que pasamos horas en una esquina de la avenida Insurgentes, oyendo al Santaclós de Sears carcajearse a nuestras espaldas: ni de milagro pasaba un taxi vacío.

Por entonces los taxis se llamaban «cocodrilos» porque en los costados tenían una greca de triángulos invertidos que los hacían parecer la mandíbula de tan noble como incomprendido animal. Ni un cocodrilo se detenía en la noche de luces en que nos hundíamos tratando de subir a uno. Por fin hubo que resignarse a molestar al legendario tío Roberto, hermano de mi abuelo, abogado, exsecretario de Adolfo de la Huerta y por lo mismo exexiliado, cantante de ópera porque de todo se hace en el exilio y, en los últimos años de su vida, juez de la Suprema Corte de Justicia y dueño de una camioneta larga que tenía madera en las puertas; con ella pasó a rescatarnos de una esquina que hoy sale de la niebla de mis recuerdos y me emociona como el inicio de una curiosidad que aún me mueve. «¿De qué se trataría vivir en México?», me pregunté entonces.

En busca de una respuesta para tal duda, a los veinte años dejé a mi temeroso padre detenido en el umbral de nuestra casa en Puebla, mirando al horizonte en que nos perdimos, con un gesto de tristeza que todavía me hace sentir culpable. Mi madre, en cambio, no tomó a tragedia el asunto y yo diría que incluso le gustó. El mundo es de los audaces, dijo quién sabe quién, y ella que no alardeaba lo creía en silencio pero a pie juntillas. Mi padre, en cambio, eso de mudarse a México no lo veía como una audacia sino como una inexplicable estupidez.

Al poco tiempo murió: se dice fácil pero fue un espanto. Dos años después, nuestra madre se mudó a vivir con nosotros a un pequeño departamento en un edificio alto y delgado sobre la calle de Reforma, frente a la fuente de la Diana. Estábamos tan tristes, como desafiantes nos volvimos. Me enamoré diez veces y todas como quien se suicida. Anduve la Ciudad Universitaria igual que quien anda el universo, tuve los mejores maestros y también los peores. Tuve seis distintos trabajos fijos y nueve libres, por eso no alcancé a valorar lo que era vivir en el mismísimo corazón de la ciudad trepidante, ruidosa y febril que es esta locura bajo la cual hoy me cobijo. El pequeño edificio en que vivimos se resquebrajó para siempre con el temblor de 1985. A mí no se me olvida que a sus puertas inicié como un juego el primer diálogo con el hombre que aún conversa conmigo todas las noches y casi todas las mañanas. Luego, como quien adivina, vivimos en la por entonces no tan celebrada colonia Condesa un romance solo comparable a los que ahora, que tiembla con la moda, se viven por ahí. Años más tarde, para mi desconcierto y con un hijo de quince meses, encontramos una casita en San Jerónimo, donde durante cuatro años viví sin hallarme hasta que la fortuna nos devolvió al centro del mapa que pinta la ciudad. Aquí sigo viviendo con él y con mis hijos, cada uno dueño de una cabeza excepcional y de un corazón que se enterca en creer algo distinto. Mi hija piensa que la ciudad es insufrible pero divina, mi hijo solo la ve insufrible y su padre la considera urgente como vivir, no se imagina, ni quiere ni hará nada por vivir en otra parte; cree que la ciudad de México es el mejor lugar para vivir que ser humano alguno pueda encontrar sobre el planeta Tierra.

No pienso que tenga toda la razón, pero tampoco ha de ser solo por necedad que uno se va quedando a vivir aquí, sino por lo que abriga de tan grande, de tan caótica, de tan urgente. Algo tiene en sus alas este lugar que cuando uno se sube en ellas no puede quitarse de su vuelo.

Yo he terminado por saberlo a cabalidad y por eso he cercado mi casa con un fresno, un arce y una noble araucaria que sobrelleva con donaire la cruz de su forzado matrimonio con una bugambilia. Hay una fuente, muchos pájaros y el intento de engañarme con que vivo sin vivir aquí, en el Distrito Federal.

Sin embargo, desde un rincón insultan este idílico paraje los tubos del aire acondicionado que refresca la casa en que ensaya un grupo de música norteña. Al fondo, cinco tinacos de plástico negro agreden el aire de tal modo que para no amargarme he decidido concederles el rango de «paisaje urbano». Así las cosas, ya casi los trato con la deferencia que me provoca la punta de la Torre Mayor, iluminándose al mismo tiempo en que la luna sale con su juramento a cuestas y me alumbra las noches más inquietas.

Afuera está una calle ruidosa por la que chillan a menudo patrullas y ambulancias, se concentran en la tarde cientos de automóviles enervados, pasan con frecuencia quienes se roban los espejos o rompen las ventanillas de los autos. A cambio, también caminan en paz quienes llevan a sus niños al colegio o andan besándose porque sí, porque se quieren en mitad de la boruca.

Afuera, por encima del caos, están los amigos tocando a la puerta, detenidos en la calle mientras les abrimos como quien le hace un hoyo al firmamento. Este lugar me ha regalado la certeza de que no hay mejor claridad que la hecha con la mezcla de muchas luces. Aquí lo único que se repite es lo diverso, y caben en un día tantos encuentros y tal cantidad de mundos, que quienes llegamos en su busca no hemos sabido lo que es la decepción.

La mayor parte de mi gente más querida vive aquí. Aquí la encontré. Muchos llegaron, como yo, de otros lugares, de sitios menos ariscos y más bellos, pero casi todos llegaron para no irse. Y esta ciudad se ha vuelto también nuestra porque aquí hemos puesto a nuestros hijos, soñado nuestros mejores sueños, creado nuestras más grandes añoranzas. Por eso no nos vamos. En los últimos tiempos, algunos, yo, ni siquiera de vacaciones. Nos quedamos aquí por si las dudas, no se la vayan a robar cuando no hay nadie, porque aquí, en este horror, descansan y se ajetrean casi todas las maravillas que mi curiosidad buscó cuando me pregunté de qué se trataría vivir en la gran ciudad de México.

Costumbres de ayer, miedos de hoy

Los cuatro años que duró mi estancia en la universidad, los pasé yendo y viniendo en autobuses, taxis y «aventones». Pararse a media calle con el dedo pulgar hacia arriba, queriendo decir: «Voy por toda esta calle, si puedes llévame», era una actitud si no usada por todo el mundo, sí por medio mundo y sin duda por el medio mundo en que yo vivía.

Un tiempo iba a clases de siete a una, volvía a casa de una y media a dos y media y luego trabajaba, hasta el centro de la ciudad, en la calle de Bucareli, de tres de la tarde a diez de la noche. Esta vertiginosa actividad me parecía más bien lógica. Jamás se me ocurrió sentirme ni explotada, ni exhausta ni excedida; la verdad es que me divertía y con razón. Aunque mis trayectos fueran los mismos, se me iban haciendo distintos, entre otras cosas porque los hacía con gente distinta. En las mañanas me detenía en la avenida Insurgentes esquina con José María Rico y allí siempre pasaba alguien que iba derecho hasta la universidad. A veces hacía frío en las mañanas, pero no recuerdo que me lastimara como ahora lo haría el frío a las seis y media. A la una me paraba frente a la Facultad de Economía, en un tope de los que obligan a reducir la velocidad; tardaba unos minutos en encontrar quien fuera hacia abajo. Si para entrar a las tres se me hacía tarde, a veces me iba en taxi: costaba doce pesos —menos de un euro actual— un viaje de media hora hasta el centro. Si tenía tiempo me iba en autobús, leyendo. En las noches, salía a la boca oscura de una calle que ya sabía frecuentada por mujeres de la vida triste y si llovía, me paraba junto a ellas y desconcertaba a sus posibles clientes diciéndoles que yo iba derecho y que si ellos se dirigían al sur; si eran clientes me decían que no, si no lo eran me daban un aventón. Y no sentía miedo, ni siquiera el miedo que siento ahora al contarlo.

Ayer se los platicaba a mis hijos y Mateo no lo podía creer. ¿Cómo es que nunca me pasó nada? Así, por suertuda y porque era menos peligroso, aunque ya entonces me dijeran que podía serlo. Solo una vez tuve un inconveniente. Me subí al auto de un chamaco baboso que creyó que podía meterme mano: en el primer semáforo en que nos detuvimos empezó a tocarme quitando una mano del volante. No me pregunté qué hacer. Le dije que yo encantada (supuso que de tener un jugueteo con él), pero que mejor se saliera del carril central y encontrara una calle en la que pudiera estacionarse. Le pareció una buena idea y en la siguiente bocacalle dio vuelta a la izquierda, feliz, y buscó dónde acomodar el coche. Mientras lo hacía recargué la espalda en mi puerta y subí un pie a sus piernas, sonrió y se apresuró a torcer el volante. Entonces, yo, que había puesto una mano sobre la manija para abrir la puerta, la moví, salté del coche y arranqué a correr hacia la avenida de la que veníamos. Justo al llegar a la esquina se detuvo la hilera horizontal que hacían los autos obedeciendo el semáforo en rojo: alcé mi dedo pulgar, moví el brazo, alguien asintió tras su parabrisas y extendió el brazo para abrir la puerta; lo bendije y me subí a un coche que recuerdo azul. En cuanto estuve sentada di las gracias y empecé a contar la historia de la que iba saliendo. Recuerdo a un hombre amable escuchando la verborrea que me brotaba de la lengua, sentí su comprensión pero no su espanto, ni el mío. Diez minutos después, por Reforma, llegamos a las cercanías de la oficina en que estaba la revista *Siete*. Me dejó, le di las muchas gracias, me deseó suerte y le dije que ya la había tenido. De eso me acordé ayer, en estos tiempos en los que todo esto parece impensable.

Tiempos en que era Dios omnipotente

Hubo un tiempo, hace tiempo, en el que trabajé para el periódico más loco del que haya tenido noticia. Había empezado siendo nada más una publicación sobre toros y deportes que poco a poco se extendió a otras realidades y pasó de salir solo en la mañana, a tener también una edición en la tarde. Se llamaba *Ovaciones*.

Yo tenía veinticuatro años cuando escribí allí mi primer artículo, en uno de los números de un conato de suplemento cultural que duró poco. Ya entonces el periódico lo dirigía el hijo mayor de quien lo había fundado; un hombre joven, risueño, tocado por un negro sentido del humor y una inteligencia rápida aunque sin pretensiones de intelectual, más bien semejante gremio le provocaba hilaridad y lo imaginaba prescindible. En cambio a mí me parecía lo más cercano al quinto cielo el puro intento de ser una escritora y por lo mismo, en cierto modo, una intelectual. A Fernando le daba risa, se divertía haciendo el periódico y dejaba hacer. Yo escribía en la página dos del periódico de la tarde, que era el más leído; aún no estaban el radio y la tele dando noticias todo el día y quienes volvían a sus casas al anochecer, o trabajaban velando, leían el vespertino con gran entusiasmo.

Para los hombres el verdadero atractivo de la compra era la página tres: una especie de *Playboy* en blanco y negro, con chicas en bikini pequeño y pubis sugerido, alegrando el interior de los taxis y los autobuses. Desde enfrente, ya lo dije, en la página dos, yo escribía de lo que fuera, como aquí, en una columna que se llamaba «Del absurdo cotidiano». La hice durante diez años, todos los días, en un ejercicio divertido y aleccionador.

A González Parra le gustaba provocar mis anhelos intelectuales y un día que fui a llevar mi columna, porque no había correo electrónico, ni siquiera fax, en ese instante me pidió que le ayudara quedándome a hacer el editorial del periódico del día siguiente. Par de locos, me digo ahora. Yo, ¿qué tenía que hacer un editorial? ¿Qué sabía?

Cuando entré a trabajar en la página dos, me dijeron que ahí era libre de escribir sobre lo que fuera, en contra de quien fuera, menos la Virgen de Guadalupe, el Ejército y el presidente de la República. «Tiempos en que era Dios omnipotente», diría Renato Leduc. En la columna esquivaba un poquito ese deber, pero en el editorial, imposible. Ni me atreví a pensar en que la voz del diario podía darse tal lujo. En realidad no recuerdo a qué me atreví. Lo que recuerdo es que una de las cosas más difíciles que me han pedido en un trabajo fue hacer esas tres cuartillas sin firma, en las que debía hablar por otros, hacer una opinión en nombre de otros. Tardé como cuatro horas. Al día siguiente corrió por todas partes mi condición de inútil. Todavía recuerdo a mi amigo el director: irónico y risueño. Fui la burla de toda la redacción.

Y hasta la fecha: yo no hablo ex cátedra ni de casualidad. Lo que pienso, lo que imagino y lo que siento se firma con mi nombre y mi desvergüenza. Admiro como a pocos a quienes saben hacer editoriales.

La experiencia: esta delgada nitidez

Tengo por Isak Dinesen una devoción pagana. La quiero como si la hubiera conocido, como a una suerte de hermana aventurera que señoreó un aire por el que no andaré nunca. Al principio, no supe de ella por las librerías sino por el cine. *Out of Africa*, la hermosa película en la que Meryl Streep asume a cabalidad la vida de la baronesa Karen Blixen en Kenia, me condujo a buscar a esa mujer con cuyas cartas se tejió la historia de su largo sueño en África y cuyos libros fueron firmados bajo el nombre de un hombre: Isak («el que ríe») y el apellido, primero y último, de la autora: Dinesen.

Admirable por muchas razones, lo es en sus libros por una prosa sofisticada y elocuente, que resulta especial porque la posee una sonoridad rara: es la voz de alguien cuya lengua materna fue el danés, y aprendió inglés de unas institutrices minuciosas, un inglés lleno de arcaísmos y adjetivos exquisitos que habían dejado de predominar cuando se los enseñaron; Karen los absorbió como si fueran una filosofía y en ese idioma contó sus historias, de ahí la primera sofisticación de su literatura. La segunda es que está regida por una espiritualidad empeñada en preguntarse a propósito de cualquier anécdota las causas últimas de todo afán humano;

lo suyo es un litigio con Dios, la fortuna, el destino, la razón y sobre todo la sinrazón de cuanto mira. Todos sus libros, incluso los que se hicieron con sus cartas, están tramados con el hilo de un discurrir caviloso, propio de la metafísica, y el de una melodía que rehace las palabras al asociarlas con lo inusitado.

Traigo aquí una de esas joyas: en «El mono», un cuento de los siete góticos, le pregunta una mujer drástica a un hombre débil: «¿Qué es aquello que se compra caro, se ofrece por nada y con frecuencia se rechaza?» Y ella misma responde: «La experiencia. La experiencia de los viejos».

En inglés, el párrafo suena a cristal. Al oírlo sentí como si alguien murmurara en mis costillas: «Eres vieja. Ya te ha insultado la experiencia. La ofrecerías por nada, pero nadie la quiere». ¿Quién querría envejecer sin enojos? ¿Quién, ir hasta la madrugada sin devastarse al anochecer? ¿Quién, librar el dolor pero al mismo tiempo las dichas, altas y breves, como una jirafa? ¿Quién, perder los gallos de un hallazgo a cambio de un alba quieta? ¿Quién, negar que el asombro lastima, que no es solo cascada, luminaria, pez azul bajo el agua de la nada? ¿Quién, escuchar: *no luzcas las estrellas porque son alaridos*? ¿Qué flojera de perros, de ballenas, de abejas después de la batalla, calma el albor de quienes quieren guerra? ¿La experiencia? Apreciamos los leones, las fogatas, la distancia. ¿Para qué la experiencia? Esta losa lenta que aconseja a quien no quiere oír; este recelo que hace alarde de sabio. Este no temblar, este delirio aburrido. Se rechaza con frecuencia, sin remedio. ¿Quién te mandó ir a África, Karen, a casarte sin amor, a enamorarte sin reticencias? ¿Quién sino el espanto a creer en la odiosa experiencia de los viejos? Nadie que la tenga la quiere, y sin embargo, tenerla es como andar a la sombra de una luna, a la luz de una fuente, a la vera de un acantilado. Sin caerse, sin temor, a veces sin hartazgo. ¿La experiencia? Si ha de llegar así como nos llega, porque sí, porque nada, porque de tanto temerla y despreciarla caminamos hasta ella, es mejor ni maldecir. ¿Esta ceguera iluminada es la experiencia? Esta delgada nitidez, esta montaña pálida, este pasmo de siglos que nos paga con su estirpe de animal, de monstruo, de hada, de asombrosa lujuria. La experiencia. Qué dolor y qué alivio. ¿Qué más puede quererse que tanto se aborrezca? Este ángel, este diablo, esta paz de agua en agonía se regala. Esta luz de medianoche no la quieren ni el aire ni los asnos. Mejor monos que ancianos regalando demonios. La experiencia, esta sonora fantasía de tantos, este silencio tibio, se regala. Este venado, este camello, esta madera quebradiza cuesta cara. Por eso con frecuencia se rechaza. No queremos ni verla, ni conocer su aroma ni tocarla. Tanto así le tememos. Tanto y nada.

LLOVIZNANDO

La primera vez que la vi, su altiva cabeza plateada tenía sesenta y seis años. No había que ser ningún genio para descubrir en sus gestos y su voz a una mujer extraordinaria.

Tenía unas manos largas y delgadas con las que se ayudaba al hablar, por más que a sus palabras no les hiciera falta ninguna ayuda: era de una elocuencia inaudita, y solo ella podría saber si alguna vez se calló algo. Hasta donde pude darme cuenta, dijo siempre todo lo que cruzó por su temeraria cabeza. Tenía siempre una historia entre los labios, siempre tenía pendientes y trabajos, nunca estuvo conforme con la infamia.

Cuando la conocí, su vida ya había sido el ir y venir de fortunas e infortunios que la enriquecieron y desvalijaron hasta poner en su boca la capacidad para reír de una manera indeleble. No sé de alguien que no se contagiara del empeño que ella dejaba en sus empeños. Si hubo quienes estando cerca de su voz intentaron librarse de su influencia, no conozco a nadie que lo haya logrado.

Ahora creo, porque me queda mucho más cerca su edad de entonces, que no era tan vieja, pero no hablaba de eso y no parecía importarle la edad que el tiempo hubiera dejado en sus pestañas.

Tenía los ojos negros. Con ellos regía su gesto audaz, su condición de invencible.

Tenía las cejas oscuras dibujadas sobre la piel blanquísima y, como las princesas, tuvo siempre los labios encendidos.

Hablaba de prisa un español solo suyo porque solo por su lengua cruzaron tres modos de hablar tan intensos como los de Asturias, Cuba y Chetumal. No sabía consentir con las palabras, tampoco le gustaba que la consintieran.

No era pródiga en besos, pero su contundencia verbal y su dedicación, como orvallando, a todo lo de todos, eran un largo abrazo. Y nunca estaba quién sabe dónde cuando intuía que alguien no iba pudiendo con la vida. Estaba donde debía.

Era difícil regalarle algo porque todo lo que necesitaba lo tenía, aunque solo eran suyas sus dos batas largas, algunos calcetines de colores y un traje sastre con el que salía a la calle las pocas veces que se lo permitía su cansancio disfrazado de temor a que algo le sucediera a la casa.

Junto con su hermana, frente a la televisión, en el costurero, cerca del teléfono, se mantenía pendiente de todo lo que pudiera pasarle a todo el mundo: desde los cambios en el color de la mancha que coronaba la frente de Gorbachov hasta las emociones y tragedias con que una incubadora de pollos, frente a una bahía de aguas bajas, tenía en vigilia el negocio de su sobrino y, por lo mismo, las prisas y arritmias de su corazón: ese motor familiar en que convirtió, desde muy joven, al ímpetu que alguna vez se había destinado nada más a ella, como se destina el corazón de cada quien para el uso y las pesadumbres de cada quien.

Alguna vez supo de tiempos incendiarios su cuerpo de guerrera. Desde niña peleaba por sus verdades y sus derechos con una voluntad que no se fue antes que ella. Por eso la mandaron a la primaria cuando tenía solo cinco años, por eso no era posible arrancarle una idea cuando le tomaba la cabeza, por eso eran firmes sus afectos y no había que temer su desapego. Por eso era difícil conquistarla, pero imposible perderla. Por eso es que uno podía ir por la vida permitiéndose malabarismos, porque era una leal red protectora.

Hasta los descreídos teníamos en su frente y su boca una fe de carboneros. Cuando murió, la quinta entre mis muertos, perdí con ella a la tenaz cómplice de una vocación adolescente. Luego vinieron los demás, los que cada año vuelven y cada día se vuelven más.

Pensando en ellos es que ahora encuentro alivio en el recuerdo de tía Luisa cerrando una más de sus teorías solitarias: «No se puede saber si hay Dios —decía—, pero de que hay otra vida, sí ha de haber otra vida. Para todos, hasta para los leones tiene que haber otra vida».

La inexorable providencia

Hay gentes a quienes la vida dota de más. Con la misma arbitrariedad, incomprensible, con que a unos les niega la virtud, a otros los carga de talentos. Al tío Alejandro le tocó ser de estos. Ha sido, desde la adolescencia hasta sus actuales ochenta años, un hombre guapo, alegre, tocado por la gracia, buen lector, buen conversador. Si aparece un acordeón sabe tocarlo; si un piano, lo llena de Agustín Lara o de Cole Porter. Lo apasionan los perros y los veleros, el campo y la historia. Dondequiera que se detenga, entran al tiempo un prodigio y una catástrofe, porque es enfático y luminoso. Mientras su hermana estuvo enferma, alivió nuestra casa con sus visitas de narrador concienzudo que sonríe como quien le abre la puerta a una buenaventura. Quiero nombrarlo ahora, para invocar la música de sus sueños y pedirle a la vida que lo siga de cerca un rato largo.

Don de habla

Tenía doña Emma, mujer de ojos que hablaban como luces, una sentencia sabia: «No hay mejor cura que un buen rato de conversación». Nadie como ella para detener el mundo y trastocarlo con una remembranza de media tarde, nadie como ella para seguir hasta las dos de la mañana bordando un traje de novia mientras su hermana Luisa cortaba un vestido irrepetible.

Cuando esas dos mujeres cosían para crecer una familia, conversaban forjándole una memoria. Y hablar era su cura, su ley y su razón. Hablar evocando. Las conocí cuando ya habían abandonado el edén en que vivieron frente a una bahía de aguas bajas a la que entraba, indómito, el río Hondo.

Cuando la conocí, doña Emma subía las escaleras de su casa mil veces por jornada, y mil veces amaneció bordando acompañada de un café y un cúmulo de cuentos. La suya es una historia bendita y larga sobre la que tienen derecho varios escritores antes que yo. Eso no me quita el derecho a venerar la voz con que mecía las anécdotas más extraordinarias, como quien acude a la mejor de las curas.

Un horizonte para conversar

Saber conversar es un don y también puede ser un arte. En el intento de practicarlo me dejo caer muchas veces, y entro en el tiempo de las palabras que se tejen mientras ando por un campo en el que llueve igual que si por fin amaneciera. Hoy enfrenté un horizonte que acaba en dos montañas y quise ser, como siempre, la más agradecida de cuantos agradecen. Quise también, sin duda, conversar.

En la práctica de tan variadas artes a veces soy buena, pero nunca tendré los vuelos que pueden alcanzar las palabras de Daniela, mi sobrina; Catalina, mi hija; Marcela, mi prima y ni se diga Verónica, mi hermana.

Mis amigos los García Barcha, no quiero robarme la frase sin dar el crédito, dicen que a esto de reunirse a chismear lo llaman en su familia «el rincón guapo». Ahí estuve ayer, en el rincón guapo de mi casa. Y fue larga la cosa. Empezamos en la comida, seguimos caminando alrededor de la laguna de San Baltazar, desde la que ayer se veían los volcanes imponiéndose en el horizonte recortado por cables de luz. Terminamos en una larga sesión de divagaciones en torno a la urgencia de recomponer una casita de piedra, frente al lago de Valsequillo, asociada a los juegos de mil domingos familiares que, como es de todos, parece de nadie.

«Yo no presto mi escalera»

Como un homenaje a esta vocación por conversar que, más que en ningún lado, despliego en Puebla —porque la familia conoce el origen del origen y uno es capaz de volver ahí mil veces—, soy una buena escucha. Mis muy cercanos se preguntan siempre cómo hago para que una persona me cuente, apenas conocerme, las cosas más inusitadas y, sobre todo, las que menos les cuenta a otros.

En Puebla escucho como quien reza. No puedo creer lo que oigo y mientras esto confieso, veo cómo al jalar una hebra viene detrás la madeja completa con todas sus vueltas. Las mejores historias son las de quienes existen en mi imaginación solo como los niños que fueron. Porque he ido creciendo, pero ellos no: siguen intactos en el orden de mi cabeza. Así que me cuesta creer que hacen las cosas que van haciendo los adultos, enriquecer, empobrecer, enamorarse, divorciarse, enviudar, quedar huérfanos. Me cuesta imaginar que el niño con las agujetas deshilachadas que vi salir del colegio tras uno de mis hermanos, ahora sea dueño de quince edificios y tal vez el dinero que tiene es el que les lava a los políticos o a los *narcos* que ahí no hacen ruido, pero sí van de compras. Tantas historias. Las mejores son las que hacen reír y las que hacen reír son casi siempre sencillas.

Mi cuñado adora las herramientas. Disfruta usándolas, tiene muchas, pero ninguna presta. Según sé ahora, menos que ninguna, su escalera. El sábado él y mi hermana montaron un espectáculo verbal fascinante en torno a la urgencia de podar una hiedra. Como en octubre se nos casa el niño, está toda la casa en cuarentena. Mi hermana ha conseguido un jardinero temporal con el que emprendió una poda de árboles, regenerativa y necesaria según ella, y peligrosa según su marido. La contundencia con que ambos defienden sus argumentos, a favor o en contra de la poda, es siempre inapelable. Oírlos en esas disertaciones es como ver jugar tenis a las hermanas Williams: siempre quien tiene la palabra parece ser quien va ganando. Y ambos son capaces de trenzarse en unas discusiones que pudiendo durar cinco minutos, llegan a prolongarse durante días, creo que por puro entretenerse; sin duda, para distraer a quienes los escuchamos. «Yo no presto mi escalera» fue la inamovible réplica de mi cuñado a la solicitud de que semejante instrumento fuera usado por alguien más. Mi hermana dio todas las razones por las cuales urge podar la enredadera que ha decidido extenderse por las ventanas; aun así, o por eso mismo, mi cuñado no presta su escalera, una que según mi hermana se despliega como un telescopio y alcanza alturas envidiables que nunca conseguirá la suya. «¿Cómo es que cada quien tiene una escalera?», se preguntan los incautos, en este caso yo; porque una, ya chica y vieja, es de la casa, y otra del tesoro de herramientas que solo pertenecen al señor de la casa. Y él no presta su escalera. ¿Razones? Al oírlo hablar, uno diría que dan para un libro. Pero al oír a su mujer caben en una palabra: *No*.

Tras semejante juego, ella me llevó a Puebla, porque su casa está en una loma que era un páramo y ellos han reforestado hasta dejarla hecha un jardín en las afueras, y la de mi madre está junto al río, en lo que ahora es el centro de la nueva ciudad. Durmió conmigo. La conversación se prolongó hasta la medianoche y luego durante todo el día siguiente, como si nos hubieran faltado las palabras. Hace un rato llamó para seguir la charla. ¿Y qué me dijo? Mi cuñado prestará su escalera. Él aún no lo sabe, pero todo lo indica.

El «HUBIERA» SÍ EXISTE

Que el «hubiera» no existe, dice mi hermana. Sin embargo, cierro los ojos con frecuencia y lo invoco. Si yo hubiera sido hija de alguien más, ¡qué tristeza! Si hubiera sido cantante, a lo mejor. Si hubiera nacido en el Renacimiento… no sé. Solo que al tiempo hubiera yo sido hombre. Y que hubieran existido las aspirinas, el drenaje y los anticonvulsivos. Si me hubiera quedado callada cuando dije. Y si hubiera yo dicho. No se sabe. Si mi madre se hubiera casado con el hombre que creía el de su vida, no hubiera sido su hija. Como no hubiera sido la hija de mi padre si él se hubiera casado con aquella muchacha italiana de la que anduvo enamorado antes de la guerra. Sin esos hubieras, yo no hubiera. El «hubiera» sí existe. Por eso lo añoramos y lo mezclamos con el no y el sí. El «hubiera» es ambivalente: despoja a veces, avasalla otras, consuela muchas. Si no hubiera venido a estudiar a la ciudad de México: pobre de mí, a los veinte años hubiera estado en el pretil de ser una solterona. Porque entonces, cualquiera que no se hubiera casado o no estuviera por casarse a esa edad, tenía cuatro años más de preocupaciones y luego el inevitable «Me hubiera casado con cualquiera». El «hubiera» sí existe. Como existe la noche. Tienen razón quienes la noche adoran. Se hace tan corta; es libre. No hay mejor día que el que se siente como si fuera noche. Inocente, ociosa y pausada noche. ¿Qué sería de nosotros si no hubiera noche?

Mujer en la luna

Nunca puse, entre los datos que aún guarda mi cabeza, esto de que era 12 de abril cuando el primer hombre viajó al espacio, hace cincuenta años.

Tampoco me acuerdo de la fecha exacta en que llegó el primer hombre a la Luna, pero ahora mi amiga Beatriz me ha dicho que fue en 1969. Ella sí vive en la Tierra, no como yo.

La llegada del primer hombre a la Luna, ¿fue una transmisión en vivo? Creo que sí. Por eso la tía Luisa decía que toda esa faramalla la estaban filmando en un foro de televisión. Pero tal cosa sucedió mucho después. Antes, cuando pusieron al pobre Yuri Gagarin en el espacio, no lo vimos el mero día, pero me recuerdo sentada junto a mi abuelo, que todo lo veía con el asombro de un niño. Aún más, porque se daba cuenta de lo que eso significaba, yo no. Yo era una niña en la luna. Por eso, cuando el primer hombre llegó ahí, ya lo estaba esperando mi distraída persona. Lo vi flotar como un dirigible parsimonioso y sentí que venía hacia mí. Dos en la luna, pienso ahora. La única diferencia es que él volvió y yo aquí ando casi siempre: en la luna. Vuelvo a ratos a pisar tierra durante el desayuno, porque en la luna faltan las naranjas. Pero muchos días, cuando tomo el té con pan y mantequilla empiezo a despegar otra vez. Me gusta la luna. Y llegué aquí diecinueve años antes que el primer hombre.

Audacia con estrellas

Siempre que busco un adjetivo con el que elogiar a quien sea, doy sin remedio con la palabra «audacia». Los audaces cantan más allá de la regadera, los audaces tienen amores y se consumen en su fuego, los audaces andan por la calle a las cuatro de la mañana sin preguntarse quién los sigue o temblar por quien pueda encontrarlos. Los audaces siembran parques, cosechan ilusiones, son hermosos como luces de bengala, se tiran del paracaídas, se van a Colombia a jugar futbol o a Nueva York a desafiar la nieve, tocar el chelo, subirse al metro a las seis de la tarde y hacer amigos donde pocos los tienen. Los audaces regresan. Los audaces viven más de ochenta años y no le temen al bastón ni a la humildad necesaria para apoyarse en otros. Los audaces, aunque se mueran, enfrentan las enfermedades como si fueran vientos de verano. Los audaces escriben libros como quien cuenta prodigios en un ábaco inmenso y no tiemblan para inventar realidades más atrevidas que la luz cayendo sobre sus escritorios.

DESCONCIERTO

Entro a mi cuarto y encuentro a Héctor sentado frente a la televisión en actitud desguanzada.

—¿Qué te pasa? —le pregunto.

—Estoy desconcertado porque no tengo ganas de hacer nada.

—Pierde tu desconcierto —digo—. Son las doce de la noche. No tienes que hacer nada.

Me mira, mira los dedos de sus pies, encoge sus larguísimas piernas, vuelve a mirarme.

—Pues estoy desconcertado —dice.

Votos y perros

Los perros se han quedado en el cielo de sus sueños mientras leo y releo las malas y las buenas noticias. ¿Leí buenas noticias? En el aire. Llovió en la tarde y unas nubes redondas se iluminaron en el ángulo que hunde el horizonte entre un fresno y la pared de un edificio.

¿Qué voy a hacer con la boleta electoral del domingo? Iré a verla, eso sí. Ojalá y pudiera votar por algún dios. Pero no está en las boletas.

CON LLUVIA Y SIN ARMAS

Amaneció con la premonición de un día soleado. Digo esto y pienso que eso ahora lo sabe cualquiera, pero quizás alguien quiera saberlo alguna vez, cuando ya nadie esté para contarlo. El día de las elecciones, el doctor Héctor Aguilar Camín, quien por esta jornada se llamará «el votante», despertó a hora precaria, como si las elecciones todas, ni se diga la instalación tempranera de nuestra casilla, dependieran de él. De oído supe que uno de los perros fue tras sus pasos al estudio; el otro estaba detrás de mi puerta resoplando. Me levanté. En la duermevela había aceptado que fuéramos a votar a las diez. Nuestro votante principal cree que si vamos temprano, algo se adelanta en el resultado de las encuestas de salida. Pero casi nadie va temprano. Quizá, me dije, hoy casi nadie vaya a ninguna hora. Después del desayuno y los supuestos cuarenta y cinco minutos que, a decir de mi familia, me lleva beber el té, caminamos a la casilla. Fuimos con Mateo, que nunca sale de la casa sin una llave que le garantice la entrada; aun si Catalina se queda aquí porque no tiene credencial de elector, asunto que justificará alguna vez en un texto suyo y no mío, su hermano, el que vota porque así debe ser, pero no porque sus pasiones estén en el evento, no

129

confía en que alguien le abrirá al regresar. Y a él lo único de toda esta jornada que parece importarle por encima de todo es la posibilidad de regresar a la paz de su casa en domingo, para entregarse de lleno a la aventura de su original biblioteca. La campaña por el voto en blanco confundió de tal modo nuestro sentido del deber y nuestra indolencia que decidimos hacer una mezcla de votos. Empeñada en votar por bien queridos, yo le propuse mi voto a Mozart, que como recompensa, en vez de entregarme una cubeta me regaló la *Suite en do mayor*, KV 399.

Al llegar a la casilla me di cuenta de que había olvidado la credencial. Aunque no lo parezca, tenía lógica: dado que íbamos tan cerca, no necesitaría dinero, así que dejé la bolsa y con ella la credencial que duerme entre las monedas y la tarjeta de crédito. Los votantes de mi familia también encontraron lógico el olvido pero no por las mismas razones que yo, sino porque estas son las cosas que consolidan su certeza de que con dificultad logro llevar a todas partes la cabeza. Desanduve las cinco calles que hay entre la Universidad del Valle de México, sobre la caótica avenida Constituyentes, y mi casa. Era domingo, pero igual sofocaba andar entre los enardecidos camiones y los coches que circulan por la avenida como si fueran huyendo de un infierno y no supieran que pueden llegar a otro. Regresé con la credencial como un trofeo y entré a un patio cuadrado en el que había tres mesas y tres tiendas de campaña para un adulto de pie. Esto de encerrarse a cruzar la boleta es ridículo, aquí nadie querría espiar mi voto, pero parece que en muchas otras partes sí ocurre y de ahí la generalizada certidumbre de que así debe ser. No entendí que cada mesa era para recoger una boleta distinta, pero me lo informaron, cada uno a su tiempo, varios vecinos amables, sentados y aburridos tras sus mesas. Admiro hasta las lágrimas a estos ciudadanos devotos de un deber que muy pocos valoran. Me daba pena revisar la instalación, pero ahora pienso que debí hacerlo si quería describirla más tarde. Lo que noté es que la información sobre a qué mesa debía uno dirigirse, según la letra de su apellido, estaba pegada a una pared y competía sin posibilidad de triunfo —era blanca y pequeña— con la lista en papel anaranjado con letras negras que anunciaba los antojos de venta diaria en la cafetería de la universidad: tacos de pollo, tortas de pierna, tamal oaxaqueño, tostadas de frijol y otras probables diabetes se ofrecían con más énfasis que el orden alfabético en que debíamos enseñar la credencial. Pero nada mermaba la pasión ciudadana con que los funcionarios de casilla buscaban, concentrados, el nombre y la foto, para luego entregar la correspondiente boleta.

Había un aire de ceremonia medio vacía y por lo mismo aún más respetable. Terminé de cruzar mis boletas en un viaje muy complicado, porque había que firmar una bajo la tienda de la izquierda, colocarla en una urna, salir por las otras boletas y entrar a cruzarlas en otra tienda para ponerlas en otras ánforas. Interesante. No sé cómo manejan en los pueblos tal faramalla, pero como sigo siendo pueblerina, supongo que con dificultad, porque a mí se me complicó entenderle. Mientras votaba, afuera una señora se pegó el chasco de su vida tratando de conversar con Mateo que no gusta de brindar con extraños, menos a las diez de la mañana. Por otro lado entrevistaron al votante mayor de la familia, cuya cabeza disfruta analizando estos quehaceres. Lo hace con acierto y contundencia, por eso luego lo invitan a decir lo que piensa en cuanto lugar se piense. Al salir de la casilla yo no tenía idea de quién ganaría y me pareció importante visitar a mi suegro para ver algo en sus ojos de anciano perdido en la nada. Le canté como a los niños; sonrió. Luego la mañana se deslizó tranquila, ya otra cosa. Votar no es ninguna ciencia. Mucho menos en las elecciones intermedias.

En esta calle

Héctor no se cansa jamás. Y cuando llega el jamás, cae muerto en su cama y duerme como si le debiera el sueño un banco suizo. Tiene una energía inexorable. Vivo con él porque hace muchos años, cuando tenía fuerzas para proponerme imposibles, me lo propuse. Por no sé qué hazañas del destino sigue aquí, enlazado a los helechos de esta casa. No conozco un hombre en el que quepan tantos hombres. Bendita sea la vida que lo ha puesto a vivir en este siglo, en este país, en esta calle y en el estudio que está aquí al lado.

EL BREVE FUTURO

No le temo al futuro sino a su brevedad desde mis ojos. No sé si habré de ver la paz, la serena confianza, la fortuna de quienes vivan tras nosotros.

Cuando tenía veinte años no imaginaba más porvenir que la noche siguiente. En el patio de la Facultad de Ciencias Políticas, mi amiga Fátima Fernández Christlieb me habló por primera vez de la cibernética; dijo que una tarde estaría en el aire todo lo que pensamos y sabemos. Y con la misma precisión que aún da la fantasía, acepté que tal cosa iba a ser cierta.

Fátima tiene los ojos oscuros y brillantes, como los tenía. Siempre le creí cuanto soñaba, pero desde que apareció internet, le creo cuanto me dice. Solo con ella hablé, entonces, del futuro. Andaba yo tan abismada en el presente, que el año próximo me parecía remoto.

Cada día era solo ese día y levantarse a la clase de siete, con la cabeza enmarañada por los malos amores, fue lo único difícil de mis amaneceres. En la universidad me divertía. Todo era nuevo allí como era nuevo todo en este valle, que apenas se había vuelto mi ciudad.

Cuando abriga el ahora, el futuro es mañana, no más lejos. Y el mañana de entonces me esperaba buscando un «Insurgentes-Bellas Artes» para llevarme a trabajar en la revista *Siete*; era la jefa de redacción y tenía veintitrés años. Por esos tiempos tuve cargos con nombres deslumbrantes bajo los que no había ni un subalterno. Era la jefa, pero no mandaba sino sobre mi horario, que a su vez mandaba sobre mí: de siete a una en la universidad, de tres a diez cerca del reloj en la calle Bucareli.

Recuerdo entre las gotas de una lluvia de abril, impertinente, mi certeza de que podía ser mío el destino de esa noche, solo el de esa en que me urgía encontrar un automóvil para no mojarme. Solía pedir con el dedo pulgar, a quien pasara por la calle, que me abreviase el camino hasta el metro. Y era inocente el mundo, porque nunca temí de aquellos «aventones» sino la posibilidad de que quien manejaba resultara un tedio sin mayor conversación. Muchas veces me llevaron hasta la puerta del edificio en que vivía. En general, quienes entonces me ayudaban a dar con el futuro que era volver a casa, me oían hablar y me contaban inocencias. Una noche, un hombre que habrá tenido cincuenta años, al que yo veía como un anciano perentorio, se quejó amargamente de que su esposa odiara el polvo de tal modo que sacudir era su única obsesión. Poco se hablaba entonces de los ácaros, ella fue una pionera, hasta hoy lo sé.

Casi nunca encontraba mujeres a esas horas; mientras lo escribo pienso que había menos mujeres manejando. El futuro de entonces las trajo hasta hoy, a detener el mundo entre dos semáforos, a correr tras la tarde trajinando en lo suyo, como si nuestro fuera. Su fortaleza es un nuevo bien social, con el que no contamos suficiente.

Cuando mi nombre tenía veinte años, solo trabajaban fuera de su casa, porque dentro no han hecho sino trabajar, veinticinco por ciento de las mujeres. Ahora, según datos de la CEPAL, sesenta y nueve por ciento de las mujeres entre los veinticinco y los cuarenta y nueve años pertenecen a la población económicamente activa.

En este que es el futuro de aquel pasado en el que anduve, las mujeres han tomado las calles y los cargos, maniobran y se pierden en la madrugada, deciden dónde compran sus zapatos y con quién viven sus destinos. Cuando el presente de hoy era mi futuro, las mujeres como yo estaban haciendo su lucha para ver adónde ir sin tropezarse, ya no digamos con alguien: consigo mismas.

Éramos raras, pero no lo sabíamos. Éramos el veinticinco por ciento, no el setenta, pero tampoco el diez como en los tiempos de mi madre, esa mujer a la que ahora busco en mi futuro con la certeza de que ahí no estará más que si la imagino.

En este futuro breve que es mi presente, busco a tientas la historia de mis padres. A tientas y sabiéndola, porque sé de sus nombres y sus ojos, del campo que anduvieron y los sueños que aún vuelan bajo el árbol.

Según creía yo antes, de mi papá sabía poquísimo y de mi madre casi todo. Pobre de mí, andando a ciegas con la luz en los ojos; dichosa de mí que aún tengo tiempo de buscarlos, nítidos como los años en que anduvimos juntos.

Eran las tardes cortas y la luna viajera. «¿Adónde va la luna?», le pregunté a aquel hombre que era mi padre.

«¿Adónde va, conmigo? Porque vamos con ella. ¿Verdad que vamos por donde va la luna? ¿Que nos sigue mientras la carretera nos devuelve a la casa por ahí de las siete? No tengo miedo cuando voy con ustedes, junto con mis hermanos, aunque se haga de noche y en el camino salten los conejos.»

Los domingos se parecían entre ellos o quizás es que el tiempo los ha puesto apretados en la misma canasta que era la vida entonces. Regresábamos siempre tras la tarde naranja, mientras oscurecía en el agua del lago a nuestros pies. El futuro de esa hora era el teatro para niños que ofrecía el canal dos de la televisión, justo a las siete y media.

De esas tardes me viene la pasión desmedida por lo que otros inventan para que uno lo crea, supongo que también el deseo de inventar para que otros me crean. Ambos vicios, plausibles en la familia de mi madre; silenciados, pero clarísimos, en la de mi padre.

La familia de mi madre era larga y omnipresente, para nuestra fortuna, la de los niños que vivíamos como parte de una tribu en la que todos los domingos se perdonaba el desorden y se abrían los cuentos. La familia de mi madre tenía muchas historias, por eso digo con tanto desenfado que de ella lo sé todo. Porque sé que su padre, nuestro abuelo, tenía siete hermanos y fue el cuarto hijo de un médico austero y una mujer cuya fe era la risa. Dicen que fue simpática y mordaz como luego se ha visto que hay tanto entre nosotros, y también se sabe que la música está entre las pasiones y destrezas de casi todo descendiente del bisabuelo aquel que tocaba una flauta. Cien años hace ahora que el padre de mi abuelo se reunía con amigos, cada fin de semana, a predecir el tiempo que aún no vemos. Un tiempo en que a la paz no la forjara el miedo y la guerra no fuera necesaria. Un tiempo al que me debo y que me debe. Quizá del que nos viene este aire de esperanza que mueve a casi todos los que somos parientes de aquel hombre. De la familia de mi madre sé otras cosas. Sé que mi abuela era hija de un hacendado que en la Revolución perdió su tierra y de una mujer suave cuyos ojos azules eran los de su padre, el padre del cual a su vez debió llegar de Líbano porque de ahí vienen los Sauri, aunque mi abuela no lo supiera. Al abuelo de mi abuela no lo conozco nada, no llegan hasta allá mis informes de aquel lado; mucho menos a su mujer, que no sé, ni siquiera imagino dónde habrá nacido. Las mujeres siempre se pierden antes, porque sus apellidos se los traga un demonio, como al fuego. En cambio del abuelo de mi abuelo sí sé muchas cosas. Sé que se llamaba Francisco Javier, y que a punto estuvo de morir peleando en la guerra de Independencia, de donde salió con la promesa de hacerse cura, ofrecida una tarde a cambio de no morir para no dejar sola a su hija Manuela, de quien nació el que sería un médico temperado cuya descendencia cuenta lo mismo con físicos nucleares que con poetas, sabios, hechiceros, drásticas heroínas y encendidas biólogas, pero sobre todos, los que, para lo que sería su espanto, se volvieron lo que él habría llamado «cómicos». De eso hablaré un poco más en el libro que he de escribir en un futuro incierto; de cuánto digo saber y cuánto desconozco. Porque he de andar también en busca de los antepasados de mi padre, de esos que de repente vienen con sus bisnietos y me sonríen dejando un parentesco tan fácil de intuir.

De los abuelos de mi padre conozco si acaso una media palabra. Sé que el padre de mi padre era hijo de Marco Manstretta y de Carolina Magnani, ambos nacidos y muertos en Stradella, un pueblo que aún siembra uvas y que un tiempo fabricó célebres y viajeros acordeones. Un pueblo en el norte de Italia, frente al río Po; un pueblo rico en el que casi todos eran pobres por ahí de 1895. Tengo una foto de aquellos bisabuelos, pero nada hay del padre o la madre de aquel Marco, menos de los Magnani, padres de Carolina, llamada así como tras ella se llamaron la hermana de mi padre y la hija de mi hermano. Debe ser un augurio extravagante llamarse igual que una tatarabuela, y que nada sino el nombre de aquella y el de uno pueda saberse del pasado en que fue. ¿Quiénes eran los padres de mi abuela paterna? Imposible indagarlo. Hay tanto por saber y se me agota el aire. Por eso no le temo al futuro, sino a su brevedad.

EL ASTEROIDE DE MI HERMANA

¿Habrá asteroides en la luna? ¿Habrá uno como el que cayó hace siglos en el desierto de Zacatecas y que está ahora expuesto en el Palacio de Minería? Lo vimos hace poco mi hermana Verónica y yo. No podía separarse de él. Lo acariciaba; al hacerlo encontró que estaba sucio. «Si me dejaran venir a limpiarlo, vendría cada semana con un trapo a pulirlo», decía. «Es que esto viene de muy lejos. ¿De dónde vendrá? Estas cosas me fascinan más que nada», dijo. Era como una niña queriendo el cielo. «Si me dejaran venir a limpiarlo…» Y no había modo de quitarla de ahí. «¿Por dónde habrá pasado?», agregó antes de acariciarlo por última vez. Al final aceptó que volviéramos a la casa para comer pan con queso; luego regresó a Puebla.

¿Qué tendrá más años, pienso mientras veo pasar una mariposa, el asteroide o los volcanes? ¿Y cuándo fue que apareció la primera mariposa? ¿Y el primer asteroide? Lo ha de saber mi hermana, que todo lo sabe.

Mi mamá tuvo cinco hijos en cinco años. De ahí que aun si Carlos nació el 13 de marzo y Daniel el 11 de abril, durante años todos creímos que era al revés; o mis padres así lo creyeron. Al parecer Daniel y Carlos vinieron a darse cuenta de cuáles eran sus fechas de nacimiento cuando Carlos, el mayor, terminó la primaria. Y hasta la fecha. Siempre, el 12 de marzo me pregunto si el cumpleaños de Carlos fue ayer o si es mañana, y lo mismo me pasa con Daniel en abril. Por eso siempre organizo una comida al principio del mes y dejo que rueden las fechas.

Daniel y Carlos llevan media vida soñando con tener una fábrica en la que producir autos deportivos mexicanos, diseñados por Daniel. Los he acompañado siempre en su sueño, pero la verdad es que siempre lo vi como tal. Me daba de santos con que no se les convirtiera en pesadilla y eso de tener una fábrica me parecía más bien imposible; para probármelo estaban las caras de todos aquellos a quienes les conté el proyecto y me miraron con ojos de «tú y tus hermanos están locos». ¿Hacer un coche en México? Imposible. Eso les dijeron, pero ellos no descansaron hasta terminar, hace como doce años, el primer Mastretta. Hicieron dos prototipos, uno rojo y otro amarillo: al primero le entraba el agua por el parabrisas y al segundo no le cerraba bien la puerta, pero eran ya un lujo y se movían divinamente. Pasó el tiempo. Daniel es diseñador industrial y lo fue desde niño; pasaba horas con el mecano, armando y desarmando modelos, o hacía un coche con un sillón al que le ponía de ruedas cuatro cojines.

Con el tiempo, se ha convertido en el genio oficial de la familia: porque lo es y porque Carlos lo jura sobre las tablas de la ley, y lo que jura es verdad siempre. Carlos promueve la empresa de ambos. No hay nadie más contundente, ni existe mejor apoyo ni entusiasmo más grande que el suyo por el actual Mastretta, un deportivo casi hecho a mano, pero con todo rigor, al que han llamado el MXT. Carlos, cuya pasión vital ha movido todas las ruedas que es posible mover, consiguió inversionistas mexicanos, intrépidos, que le han apostado al proyecto y ahora mismo, mientras pasa frente a nosotros su cumpleaños cincuenta y ocho, está empezando a cambiar la maquinaria del pequeño taller en que llevan diez años a un sitio más apropiado para ser una fábrica.

Volveré, otra vez, al remoto principio. Carlos Mastretta Arista terminó la carrera de ingeniería automotriz, en Italia, en el año 1937; cuando regresó a México con semejante trofeo, aquí nadie quiso ni pensar en hacer un automóvil. Ni siquiera una motocicleta, ni un velero: quizás un triciclo, pero mi papá estaba empeñado en los motores, así que tras un año de pesquisas volvió a Italia. Para su desgracia, al mismo tiempo que él, llegó a Europa la guerra. Sería una divagación inútil hacer el intento de explicar por qué el asunto de los coches tuvo que pasar a último término en la vida de ese hombre al que durante años avasalló el remolino que devastaba al país de su padre. Cuando terminó la guerra y pudo volver a México, el proyecto de hacer automóviles se había quedado entre los sueños que escondió para seguir adelante.

Como en una quimera, en los ratos libres que le dejó el trabajo de vender automóviles, debido a lo cual se creó el mote de «mísero vendecoches», hizo un auto de carreras, diminuto, al que llamó el Faccia Feroce. Muy complicada historia. Lo que es fácil decir es que esa callada pasión, íntegra, la puso entre los ojos de sus tres hijos, dos de los cuales se dedicaron a ella de tiempo completo. Juntos han hecho mancuerna durante más de veinte años; su compañía diseñadora ha creado carrocerías para autobuses desde hace mucho, y han vivido de eso y de cuanto se ha podido mientras los dibujos, las proyecciones, los proyectos de Daniel iban buscando el modo de hacer un auto deportivo.

Por eso he dicho antes que los muertos eligen sus milagros: al poco tiempo de que murió mi madre, quedó listo, premiado y a la venta, el ya célebre Mastretta MXT.

Ando a tientas por un libro. Y por ninguno. El que más cerca tengo es el que se pretende una memoria de mis padres. ¿O un intento de saber quiénes fueron? Para nosotros cinco, la figura enigmática de todas nuestras vidas ha sido mi padre, porque murió cuando yo tenía veinte años y Sergio quince; en medio, Verónica tenía diecinueve, Carlos dieciocho, Daniel diecisiete. Y todos, ni se diga yo, estábamos en la luna. Teníamos a mi papá en ese lugar en el que están los padres cuando lo único que nos interesa es el futuro; no nos preguntábamos quién había sido, ni siquiera intuíamos quién era.

Cuando cumplí cincuenta años me propuse no seguir hablando de mi orfandad porque hacía mucho que había dejado de provocar compasión. ¿Huérfana? «También yo», decían muchos de mis contemporáneos. La primera vez que estuve en Italia no fui al Piamonte, me limité a llorar en los escalones de la plaza en Milán. La segunda vez fui con mi hermana a Stradella, ya lo he dicho, el pueblo de nuestro abuelo, en el que mi padre vivió muchos de los años que duró la guerra. O no sé. La verdad no sé, no tengo idea de si lo sabré, porque no quiero investigarlo. Fui a Stradella tres veces más y no he vuelto, pero cuando ahí anduve me preocupó más apresar el aire que los datos; más la emoción de las cosas que el pasado. En cambio Sergio, mi hermano, ha ido una sola vez, pero concentrado en lo que debía: al volver estaba de tal modo en búsqueda de todo que, con lo que pudo, hizo un libro fantástico. Me gusta releerlo y bendecir su empeño.

Es un libro que conmueve y me asombra. Sergio lo organizó en tres meses o menos. Ya lo dije, visitó el pueblo de los antepasados y volvió con la curiosidad encendida; también con el ánimo puesto en buscar, entre las sombras de un baúl, las cartas de mi papá a su papá, a su primera novia, a mi mamá, a sus amigos. Puso varias buenas fotos, un texto de cada uno de nosotros y una muestra de lo que fue el trabajo periodístico de mi papá: los temas automovilísticos, con sus dos álter ego, Temístocles Salvatierra y el Mísero Vendecoches, y los artículos que durante dos años publicó todas las tardes en un periódico vespertino para pensar el «Mundo nuestro». Por ninguno le pagaban mucho pero disfrutó haciéndolos, sobre todo los de automovilismo. Creo que ahora podría haber sido una celebridad, porque hoy hay un espacio de respeto para quienes escribimos y hasta la posibilidad de ganar el pan haciendo esto. Pero aquellos eran otros tiempos, y Puebla una ciudad inhóspita para todo el que pensara distinto; peor aún, para quien quisiera pensar en voz alta. La columna de las tardes se terminó porque los directores del diario, azuzados por una derecha temerosa de todo lo que sonara distinto, lo llamaron comunista. A él lo apesadumbró la pérdida de ese espacio, pero no batalló para mantenerlo. Acusado de comunista, un hombre que de muy joven había sido preso de la ensoñación fascista. Lo despidieron sin pedirle ni su renuncia. Él se fue con una elegante carta justificando ante los lectores un retiro por enfermedad; murió, poco tiempo después, de un infarto cerebral, enfermedad que aparece cuando la suma de presión alta, cigarro continuo y poco ejercicio hace crisis dentro de un cuerpo, en este caso el de un hombre bueno.

Estábamos platicando. Yo tenía como tarea para un debate buscar cinco razones que justificaran la guerra de Vietnam. Eran como las diez, pero él ya se había puesto la pijama y hablábamos sentados en su cama. Recuerdo su mano izquierda detenida frente a mis ojos mientras con dos dedos de la derecha iba apretando uno a uno los de la izquierda, para contar cuántas llevaba; con trabajos llegó a dos. Nunca hay razones para las guerras, debió haber dicho porque era lo que pensaba, pero dijo que no podía mover el brazo. Lo sostuvo con su mano derecha, quiso cerrar y abrir la palma; no pudo.

No olvido, un solo día, sus ojos de ese instante; ahora creo que se despedían, pero quién sabe. Salí a buscar a mi mamá, que al mirarlo dijo: «¡Hay que llamar a un padre!»

¿Quién hubiera dicho que cuatro décadas después ella correría al cura que mandamos a visitarla porque la veíamos afligida, furiosa contra la pura idea de estar enferma y negando hasta la médula que podría morirse, cuando estaba muriéndose? No quiso ni mirarlo. Dijo que no necesitaba ni confesarse ni comulgar, mucho menos que le pusieran los santos óleos; ella, a quien vimos toda la infancia rezar con tantísima elegancia. Porque no era una rezandera, era una mística, y no tenía una fe de carbonero sino una conversación de tú a tú con la omnipotencia divina en la que no dejó de creer, como hicimos sus cinco hijos cuando tan sagrada providencia la dejó sin marido, con cinco hijos y medio centavo.

El caso es que un muchacho de voz suave me llamó porque está haciendo un reportaje sobre el Mastretta MXT. Me hizo preguntas, las mismas que he ido sembrando y cosechando para llevarlas en mi alforja. Las respondí primero cuando nadie me las hacía y las respondo ahora cuando alguien se interesa en por qué soy escritora o en desde cuándo es que mis hermanos tenían pasión por los autos. ¿Desde cuándo? Pues desde que los recuerdo. Sobre todo Daniel, porque a Carlos también lo vimos vestirse de vaquero y tener una pistola de fulminantes, lo vimos enloquecer con el futbol, junto con Sergio. Pero a Daniel lo recuerdo siempre armando torres o máquinas con las que cargar cosas; lo recuerdo sentado con gran ceremonia en un taburete cuadrado, frente al que puso acostado el cilindro de un cesto de paja que se usaba para la ropa sucia. Decía haber construido una aplanadora, como las que aún existen para pavimentar las calles.

Hablando de todo esto me ha dado, otra vez, por recordar a nuestra madre. Y de una manera obsesiva el momento en que al dejarla en su caja dentro del cuarto en que la iban a incinerar, mis hermanos le dieron besos y se salieron antes de que la sacaran de ahí; yo quise quedarme, junto con Sergio. Y no se me olvida la voz del hombre que les dijo a los subalternos: «Ya pásenlo», refiriéndose al cadáver, no a mi mamá. No dijo «pásenla». No pensó en una mujer inteligente y bellísima, suave y armoniosa, sino en un cadáver. Ahora despierto en la noche oyéndolo y viendo cómo hicieron un envoltorio con su cuerpo y lo pusieron en la banda para incinerar. «Cuánto lo siento, mamá. Ojalá y hubieras dicho qué querías. No pensabas en eso, odiabas pensarlo. "Me estoy muriendo", dijiste apenas dos horas antes de morir, cuando llevabas meses muriéndote. ¿Qué sentirías? ¿Qué hubieras querido? A lo mejor querías quedar en la tumba con tus papás, tu marido y tu hermana Alicia. Nosotros preferimos ponerte en tu casa, donde pasáramos cerca todo el tiempo. Si lo pienso, sé que a ti te da igual. A tus cenizas, ¿qué les importa? Pero me importa a mí, mamá, a mí que de niña solo quería darte gusto. Que ahora me gustaría darte gusto.»

Mi mamá anda haciendo milagros y yo, que me llamo agnóstica de esas duras, de esas que no creen ni en Dios ni en la vida eterna, por lo cual están medio desamparadas todo el tiempo, sí creo en que algo de los muertos se queda haciendo que se cumpla su voluntad en la persona de otros.

Mi mamá creyó siempre que yo, a quien consideraba dueña de una profesión algo sobrevaluada, tenía demasiado. En cambio, a mis hermanos siempre los vio desear que el coche diseñado por Daniel se hiciera realidad, para que Carlos y él pudieran tener una fábrica y algo tangible en su colección de sueños. Verónica hizo frente a sus ojos muchos milagros, sin duda el de la laguna de San Baltazar, pero también padeció contradicciones: mientras mi mamá estaba enferma, sin que lo supiera, el gobierno de un hombre recio y envidioso le quitó el Parque del Arte y la persiguió; sin embargo, tras su muerte, Verónica lo pudo recuperar. Yo no he escrito un libro, Sergio sí. Los muertos eligen sus milagros.

IMAGINAR LA ETERNIDAD

No voy a pensar, me dije, que hoy hace pocos años murió mi madre. Me lo dije por dentro y anduve el día vagabundeando. Desayuné mi pan de todas las mañanas, gocé a los míos. Bañaron a los perros, les quedó limpio el pelo como tienen el alma aun cuando están más sucios. Me pinté las canas. Les escribí a los amigos. Leí a mi hermana, que cada día cuenta mejor lo que mira. Dilucidé con doña Concepción si han de operarle las cataratas. A las tres comí pescado y sal oyendo a un hombre extraordinario. Y a las seis de la tarde abrí una carta de Mariú, la *«principessa del vagabondo sognatore»*, la que bien quiso a mi papá cuando era tan joven que a los ochenta y siete años me escribe, a mí, la hija de otra mujer en otro país, hablando de sus piernas débiles y de su memoria intacta, urgida de contarme que ansía las vacaciones que la llevarán a las montañas el 27 de julio, una semana antes de que me llegue su carta anunciándolas. Entonces, leyendo su letra estremecida por los años, pensé, por fin, que hoy hace tres murió mi madre y que tendría su edad. Nadie regresa de la nada pero, me lo repito, no mueren quienes nos enseñaron a imaginar la eternidad.

La bella Mariú

En mayo de 2010, al volver de un inolvidable viaje a Italia, empecé la remembranza de una tarde crucial, queriendo contarla como si fuera de alguien más.

Escribí entonces:

Llovía. Algo hay en la lluvia que enfatiza las emociones pero esa tarde, detenidas bajo el umbral de un hotel en la Vía Manzoni, las tres mujeres se despidieron con la certeza de que podían quererse como si compartieran la misma sangre. Y no era por la lluvia lo que sentían.

Aunque llovía.

¿En tercera persona? ¿Vas a contar esto en tercera persona? ¿Y qué harás contigo? ¿Matizar la tormenta solo porque la lluvia era delgada?

Nos despedimos de Ludovica tras solo dos días de mirarla y como si la vida entera lleváramos sabiéndola. Eso no puede contarse en tercera persona. No sé si en primera: el *yo*, como no lo diga un personaje inventado, siempre es difícil. Sin embargo escribiré: *Yo creo que es generosa la vida cuando envía lo inaudito haciéndolo parecer natural.*

El año en que se publicó en Italia el libro *Mujeres de ojos grandes*, llegó a la editorial una carta para mí. La reenviaron a México; aquí la abrí para encontrarme con los trazos bien dibujados de una letra femenina y antigua. Su dueña firmaba María Ludovica Riva Angelini y en los primeros párrafos me contaba que mi padre había sido su primer, primerísimo amor. Estaban en medio de la guerra. «Yo era alta, bonita, pelo negro, ojos azules. Tu padre me hacía reír y nos entretenía la preocupación mientras estábamos escondidos en los refugios antiaéreos.»

Luego me decía que era feliz, que se había casado con un médico, que tenía tres hijos y que le gustaría mucho conocerme. Daba como dirección la casa de su hija y ahí le escribí. No le dije que mi papá no había hablado nunca ni de ella ni de nada de lo que vivió en Italia durante la guerra. Atesoré la carta un tiempo, la cité en un libro y luego la perdí. Como se pierde un tiempo cuando el otro avasalla.

Pasaron dieciocho años y en junio de 2009, en una reunión de escritores a la que me acompañaron los ojos y la luz de Catalina, mi hija, al volver de las grutas de Altamira la tarde antes del día marcado para que me hiciera cargo de una conferencia en la Fundación Santillana, aparecieron a entrevistarme dos periodistas italianas. Inteligentes, vitales, preguntonas. ¡Cómo querían saber cosas y cuántas les conté! «¿Qué libro quiere escribir ahora?», les dije que uno sobre mis padres y ellas corrieron tras mis historias con más y más interrogaciones: ¿de qué lugar había salido mi abuelo el emigrante? ¿En qué fechas? ¿Por qué mandó a mi padre a Italia? ¿Qué hizo él ahí?

Cuantas cosas me interesaron un tiempo, y otro acepté que no sabría nunca, me fueron preguntando durante horas.

Les contesté lo que sabía y lo que imaginé, hasta que llegamos a la carta de Ludovica y a mi duda de que aún siguiera viva. Entonces las tres nos pusimos a llorar sin saber bien a bien por qué; luego nos abrazamos y cada quien se fue a escribir lo que pudo. Una de ellas, generosa y ferviente, Elisabetta Rosaspina, firmó para *Il Corriere della Sera* un texto contando esa tarde. Al volver a México, quince días después, había reaparecido Ludovica. Su carta comenzaba abruptamente, sin tropezarse en los saludos.

Sí, querida, queridísima Ángeles, esa señora está viva. Tengo ochenta y seis años, mis piernas son lentas, pero mi cerebro corre con los vívidos recuerdos de una vida intensa. Elisabetta Rosaspina, en su artículo, ha creado un poco de confusión.

Pobre Elisabetta, quien la confundió fui yo, pensé. Seguí leyendo:

Carlos tenía los ojos muy oscuros, profundos y soñadores. Yo el pelo negro, los ojos azules y la exuberancia de la juventud. Él era once años mayor, nos reíamos. Tu papá, en los años de la guerra, no estaba angustiado, estaba un poco triste y preocupado, como todos nosotros, con los asuntos bélicos. Y tenía nostalgia de México. De seguro habrás recibido Il Corriere della Sera *del 28 de julio de 2009. Una página entera habla de ti...*

Luego me contaba que pasaría las vacaciones con sus hijos en Val di Fieno y que volvería a Milán en septiembre por si quería yo escribirle. «Te tengo en el corazón», decía al final.

¿Cómo no ir a buscarla? Sin dudar, a principios de mayo pasado mi hermana y yo fuimos a Milán tras lo que imaginamos de ella. Y como si tal cosa fuera posible, la mujer que abrió la puerta de una casa iluminada por el sol llegando desde el parque, frente a las ventanas, resultó idéntica a su letra, sus palabras y nuestra imaginación.

Ochenta y siete años. ¿Pelo negro? Nadie tiene el pelo negro a esa edad, ya lo sabíamos. Pero Ludovica lo lleva pintado de un color tenue y lo peina con tal gracia que los aretes de perlas hacían juego con él, dándole a su cabeza un aire joven.

¿Piernas débiles? Sí. Caminaba despacio, pero con los pies en unos zapatos elegantes y la espalda erguida dentro de un saco azul pálido. ¿El cerebro? Como si lo empujara la exuberancia de la juventud. Todos los recuerdos en orden, pero ninguno inhibiendo su vocación por el presente. Había llenado la casa de flores amarillas. En las paredes, una mezcla armoniosa de óleos antiguos y pintura contemporánea. Ojos azules y tenues. Con esa mirada nos abrazó y le dijo a la muchacha ecuatoriana que trabaja en su casa: «Tienen los ojos del padre».

La mesa estaba puesta para el té. Nos lo sirvió en unas tazas de porcelana blanca y delgadísima, quietas sobre un mantel bordado por su abuela. Así es la ingrata sobrevivencia de las cosas: su abuela murió hace más de sesenta años, y el mantel está nuevo y almidonado como el primer día. Sobre su textura, los platos con galletas y castañas doradas en azúcar, todo como si ella quisiera mostrarle eso a alguien más. ¿A su novio el que fue? El marido murió hace dos años. Paula, su segunda hija, una mujer como de cincuenta y tantos, bebió el té con nosotras, divertida de ver a su madre evocando el pasado: cambiamos nuestras direcciones de correo, nos recomendó un restaurante para la cena, nos dio unos besos y volvió a su trabajo cuando Ludovica sacó el álbum con las fotos de su boda, sus padres, sus hermanos, sus hijos siendo niños, mi papá. Tenía para cada una de nosotras un sobre con la foto del *nostro babbo*, una carta que él le mandó desde Roma y una foto de ella cuando era joven, dijo, hace veinticinco años. Dos más que yo ahora.

«Come tus castañas. ¿No te gustan?»

Mi hermana responde por mí y yo por ella. Nunca habíamos mezclado té con castañas y el resultado es una delicia. A México las castañas con azúcar llegaban solo en Navidad, y entonces los niños andábamos en otras cosas. También los adolescentes anduvimos en otras cosas, por eso no preguntamos el pasado. Pero no estábamos ahí para pensar en nuestra infancia, sino en la Italia de otros tiempos.

Era niña esta anciana cuando conoció a mi padre. Iba subiendo la escalera que él bajaba. Cargaba los libros y al verlo se le rodaron por los escalones. Todos. Ella los miró caer, levantó los ojos y sintió el rubor quemándole las mejillas; una vergüenza que solo puede tomarnos a los diecisiete años. Él tenía veintiocho. Y silbaba. Siempre silbaba en la escalera. Ludovica lo dice y sonríe. Se burla un poco de la ella que fue. Tan joven, tan perdida en los ojos oscuros de su nuevo vecino.

—¿Y la guerra? —pregunto—. Nuestro papá nunca habló de la guerra.

—Un tiempo estuvo aquí en Milán —dice Ludovica— pero luego se lo llevaron a Roma. Y nosotros nos fuimos a Stradella, al pueblo de unos tíos suyos, amigos de mis padres, porque el campo era menos peligroso. Carlos volvía cuando le daban un descanso.

¿Había descansos en la guerra?, me pregunto pero no le pregunto porque ella no deja mucho tiempo para preguntas. Dice que mi papá no estaba propiamente en la guerra, que nunca disparó una pistola.

—¿Qué ocurrencias? Él trabajaba en una oficina.

—¿Y ahí qué hacía?

—No lo sé, *cara*, era secreto —dice—. Los asuntos bélicos lo preocupaban. *Lui era un po' tragicoso, vero?*

—*Vero* —decimos las dos. No añadimos que nos enseñó a reír como no lo hizo nadie, porque había en su sentido del humor un conocer el mundo que no tenía ninguno más en nuestro mundo. Y una melancolía. Volvió del desencanto en el que nunca entró su joven novia italiana. Menos aún lo entendió nuestra familia.

Mi papá nunca habló de la guerra. Ni nosotros le preguntamos. Solo una vez, al terminar un programa de televisión que tuvo lugar en Italia, le preguntamos:

—Papá, ¿quién ganó en la guerra?

—Todos perdimos —dijo.

Anochecía cuando nos despedimos de Ludovica; empezaba a cansarse. La muchacha ecuatoriana, linda niña de ojos negros, fluido italiano y facciones finas, se había ido hacía rato. Tiene treinta años y lleva diez en Italia, nueve trabajando con Ludovica y la quiere mucho, con razón. En su lugar llegó una contundente mujer rusa: Tanya. Duerme con Ludovica, porque sus hijos ya no quieren que se quede sola. Debe tener cuarenta y pocos. Dejó dos hijos en su país; trabaja en Italia para mandarles dinero a ellos y a sus papás. Suelta una risa larga.

—¿Así que estas son las hijas del novio? —pregunta.

—*Sí, sono queste* —le dice Ludovica—. Acompáñalas porque es tarde. Que no tropiecen en la escalera, diles dónde fijarse.

Al día siguiente salimos a comer por su rumbo, un barrio con parques y vida familiar de la que no se ve en el centro. Nos llevó a un restaurante sin turistas, salvo nosotras que en Italia, lo sabemos, por más sangre de antepasados que tengamos, somos extranjeras. Nos sentamos en un cuarto de cristal con vista a una baranda y una vid; todo era luz y verde aunque en la calle todavía hiciera frío. Al entrar Ludovica le anunció al dueño del lugar que yo era la escritora con prestigio internacional que honraría su mesa; vi en el gesto del hombre el desinterés que ahora tienen los italianos del norte por casi todo lo que no sea la moda en lilas que ha tomado sus aparadores. Qué iba él a saber de mí, y qué podía yo inventar para que Ludovica no se desencantara por mi precaria fama. No era ese un lugar para flojos: la gente comía y conversaba de prisa. En un minuto nos instalaron, nos dieron la carta y nos tomaron la orden. Nosotras pasta y ella arroz, porque así lo dispuso. En cuanto pude me levanté dizque para buscar un lavabo, pero lo que hice fue ir tras el dueño de Il Navigli. «Por favor, dígale usted a la señora que ha leído uno de mis libros.» «*Senza doppio*», contestó. Al rato fue a la mesa y aseguró saberlo todo de mi estirpe. Lo bendije en nombre de mi padre, mi narcisismo y la dama que ese mañana vestía de blanco, usaba unos anteojos oscuros que le cubrían media cara, tenía en la solapa una flor y, aunque estaba acalorada, no quería quitarse el saco para que no se le vieran los brazos envejecidos. «Están muy feos», dijo. «¿Qué vino quieren? ¿Aperitivo? Eso no es vino. ¿Después? ¿Su papá no tomaba vino en las comidas? ¿No las enseñó?»

¿Nuestro papá? Claro que no. Cuando volvió de Italia nuestro padre cayó en la inocencia del agua de jamaica, y en la inocencia toda de esa familia nuestra. Creo que alguna vez compró un Chianti; los vinos eran carísimos y escasos. Lo demás fue silencio. A la vida diaria solo llegó el buen vino cuando llegaron nuestros cónyuges, y para entonces nuestro papá llevaba diez años perdido en la negrura de su tumba en el Panteón Francés. Y eso, ¿para qué recordarlo? De la muerte ni hablar. ¿O no habría más remedio?

—¿Así que no se dio cuenta? —preguntó Ludovica cuando quiso oír la historia de la embolia cerebral que mató a su Carlos y devastó nuestra confianza en las jaculatorias.

—Sí se dio cuenta. Quizá para bien: estaba ya cansado de lidiarnos.

—No creo. ¿Trabajaba mucho?

—Sí.

—¿Qué hacía?

—Vendía coches.

—Ah, los coches siempre le gustaron. Aquí escribía todos los días en una revista de autos. No le pagaban, pero no le importaba.

—En eso fue idéntico hasta el final —decimos nosotras.

—«*Devo tornare al Messico*» —dice que dijo Carlos al terminar la guerra—: «Voy y después…»

—«*Dopo? Dopo che?*» —dice ella que le dijo. Y lo cuenta poniendo juntos los cinco dedos de la mano derecha con la que se ayuda a rematar su frase.

Cuando habla mueve los ojos como una adolescente acusando a su novio del momento. Y ríe.

—Después ¿qué? *Dopo che?* —decimos nosotras poniendo cada una los cinco dedos juntos y moviendo la mano como si también eso lo hubiéramos aprendido en algún lugar cercano.

Era niña esta juguetona y drástica vieja cuando lo conoció. Y nosotras quisimos conocer a la mujer que lo evocaba así, con los ojos soñadores.

Tomamos el capuchino en el hotel Milán, donde Verdi vivió sus últimos años, cerca de La Scala; junto al café nos dejaron chocolates. Hablamos del verano. Irá a las montañas. ¿Por qué no vamos también? Sí, claro, cosa de tomar un avión, luego otro y otro; al cabo no hay ya más que futuro en nuestras vidas. ¿Del pasado? Un río en vez de un abismo. La miramos como si ella misma fuera el río: el principio de un río al que había que decirle adiós. Nos levantamos.

—Llévate un chocolate —le dijo a Verónica. Mi hermana tomó dos.

—Mejor tres —dijo ella guiñando un ojo—. Siempre es mejor tres.

Salimos por el coche, no mojaba esa lluvia diminuta. No estaba ahí la humedad con que la besamos al despedirnos:

—*Ci vediamo domani* —dijo.

—*A domani, Mariú* —le respondimos.

En dos días, María Ludovica Riva se volvió, como el amor de la canción, Mariú, y nuestra curiosidad por el pasado se hizo añicos rescatada por su presente.

Fuimos a Milán movidas por el deseo de saber una historia tras la niebla que dejó nuestro padre, buscando la palabra de una mujer que prometía en dos párrafos la memoria vívida del tiempo en que nosotros no éramos ni el deseo de nuestra existencia. Fuimos a Milán como si pudiera ser cierto que la imaginación necesita sostén. Como si yo quisiera creerme la mentira de que me urgía saber una verdad para contar otra. ¿Un viento desde el que asir la nada de la que nunca oímos hablar? ¿Para qué? ¿Para escribir una novela? Si uno inventa para indagar, no al revés.

De eso, si alguna duda tuve la perdí en dos tardes de tratar a la dama cuya letra convocaba a visitar el pasado, pero su voz era puro presente. Por eso, tras solo dos ratos de mirarla, mi hermana y yo nos encontramos abrazándola con la urgencia de prolongar el futuro, porque todo en ella es el ávido deseo de andar viva. «*Ci vediamo domani* (nos vemos mañana)», dijo con su voz ronca, poniendo en nuestras manos, como nunca en Italia, la contundencia del ahora. ¿Qué nos importaba lo que les pasó en la guerra si aquella mujer de oro no quería recordarlo? Si la memoria de esos años no guarda más dolor que el de ya no ser joven.

—Vengan pronto —dijo y subió al automóvil. Desde ahí movió la mano de un lado a otro mientras mi hermana y yo nos quedábamos ahí, bajo la brizna de lluvia, sintiendo que algo irrepetible se nos iba otra vez.

VENECIA, LA HERMOSA

¿Quién que la haya visto no la venera? ¿Quién que la desconozca no la anhela? Venecia, la hermosa. La rara, la solitaria, la invadida, la reina, la sabia, la triste, la inundada, la bella, la querida, la soñada, la imaginaria, la sensual, la conspiradora, la ilustre, la ilustrada, la bailarina, la muda, la persuasiva, la loca, la imprudente, la generosa, la complicada, la sucia, la indeleble, la sonora, la pálida, la luminosa, la inasible, la insaciable, la mil veces cantada, Venecia.

Nunca he podido ir a Italia sin pasar por sus calles de agua; alguno de mis genes debió salir de allí. Una vez, con mi hermana, hicimos un viaje de cuatro horas en tren, para estar en Venecia menos de una hora y volver a salir rumbo a Milán, donde teníamos quehaceres. En Venecia los turistas —me entristece serlo y no puedo sino serlo, a pesar de mi parte italiana— lo único que tenemos que hacer es contemplar. ¿Y qué han de hacer los venecianos para lidiarnos? Somos unos adefesios, mermamos la suavidad del paisaje con nuestros zapatos para caminar y nuestros rostros de pasmo. Al mismo tiempo, somos los peregrinos, los que la bendecimos, la metemos en nuestra índole y nuestra euforia, la volvemos parte de nuestra imaginación, nuestros deseos, lo mejor de nosotros. Emociona Venecia. Es imposible imaginar que no exista, sería como si el mundo se muriera. Sin embargo, quienes la habitan se pusieron de luto el sábado porque han pasado, en cuarenta años, de ser ciento veinte mil a ser sesenta mil. Están a punto de tener menos habitantes de los que se piden para considerar ciudad a una ciudad. Desfilaron las góndolas custodiando un ataúd que dentro llevaba una bandera con la Fenice. El ave Fénix, la promesa de que esta luz, con su vuelo y su duelo, tiene que seguir viva. Bendita Venecia. ¿Quién que la haya visto no la venera?

Como árboles marinos

No hay un paisaje más lujoso que este que se mira en los hijos.

Cuando los míos hablan de cine o de justicia, de amor o de su padre, son como árboles. Extienden sus ramas sobre la mesa en la que tomamos café y cobijan mi contemplación con el tapiz de sus voces vehementes. Entonces flotan, como árboles marinos.

LIBREPENSADOR

Cuando tenía seis años, a Mateo, mi hijo, le pidieron en el colegio que llenara una ficha con algunos de sus datos. Al llegar a la pregunta «Religión», escribió con su letra grande y torcida, de niño apenas aprendiendo: «Librepensador». En el colegio laico, Montessori y plural, encontraron la respuesta tan rara que me llamaron para contármela. Se preguntaban si alguna vez le habíamos dicho a nuestro hijo que esa era su religión, como a otros niños les dijeron sus padres que eran católicos, protestantes o judíos. Yo respondí lo cierto: nosotros no le enseñamos al niño ninguna religión, habíamos sido católicos pero ya no lo éramos. Recuerdo algo de nuestra conversación. Derivó en que yo supiera que ella era judía y la maestra de Mateo era católica y el profesor de deportes budista y la profesora de música, mozartiana. Me alegró tanta diversidad bajo el mismo techo escolar. Para aumentarla le dije lo que aún digo: yo creo en los demás, creo en las estrellas, el arcoíris, la música y otros milagros del universo. Creo también que mientras uno no invada la vida de otros con sus creencias, cada quien puede creer lo que quiera. Mientras se lo decía, me iba diciendo que, en efecto, podía considerarme una librepensadora y que aunque no recordaba habérselo dicho a Mateo, quizás en algún momento sí me oyó hablarlo con alguien. Ambas quedamos en paz con nuestra conversación. El niño no era un filósofo precoz, pero sí un buen escucha.

AÚN ME SORPRENDO

Cuesta elegir solo una historia insólita. Nada más una, en esta ciudad con no sé cuántas diarias. Ni siquiera si trato de buscarla en el último año, o en el primero que viví aquí, tras dejar una comarca cuya idílica ensoñación terminó con la infancia.

Algo intuí de todo esto cuando vi que mi padre le temía tanto. Cuando su mujer lo enfrentó defendiendo mi derecho a vivir en riesgo como si defendiera una patria, pero ni en la más atrevida de mis fantasías imaginé tanto asombro, porque hace cuarenta años que vivo esta ciudad y aún me sorprendo. A diario digo que la odio, que podría dejarla mañana en la mañana pero a diario sé que miento, porque aquí las historias del diario me han tomado los sueños, y no soy quién para desear otro desafío.

Sobre todas las cosas que han cruzado mi vida mientras aquí la voy viviendo, la esencial me sucedió por dentro hace ya tiempo. «Nada es inverosímil», dijo esa historia en mi oído. «Nada más que el milagro cotidiano de lo que pasa porque sí.»

Catalina, mi hija, tenía dieciséis años y el ímpetu de esa edad cuando me participó que iría a ver a un amigo cerca del colegio, adelante del cruce que hacían Revolución y Río Mixcoac, tampoco muy lejos de aquí. Anochecía, pero las precauciones nunca han sido lo mío. Esta ciudad, por fea que parezca, no me intimidó nunca. Al contrario, cuando llegué a vivir aquí, a los veinte años, no imaginaba un lugar que cobijara tanto. Era muy fácil perderse en ella y evitar la mirada juiciosa de quien quisiera juzgarnos; en vez de meterme a un rincón, hui al horizonte de esta ciudad sin límites. Por eso cuando la quiero maldecir por ruidosa, por ruin, por ajetreada, le perdono cuanto se le ocurre imponerme a cambio de lo que me dio. Menos el mar y una parte crucial de mis amores, casi todo lo que venero vive aquí.

Pero yo iba a otra cosa, solo que, como siempre, me perdí en el cruce con la ciudad. Estaba en que Catalina salió en la camioneta roja, en pos de lo que fue el río Mixcoac. Yo me quedé en la casa, bajo los árboles, acunada en la red de una confianza a prueba ya de tres asaltos y cuatro robos. Me quedé tejiendo cualquier quimera de las que persigo cuando estoy sola, mientras canto porque tararear es un exorcismo infalible.

No había alcanzado a moverme del escritorio cuando Catalina y la camioneta entraron de regreso.

—¿Quieres merendar? —me preguntó yendo a la cocina.

Dije que sí y fui con ella:

—¿No ibas a comer algo con tu amigo? ¿Cómo es que regresaste tan rápido?

—Porque me asaltaron —dijo en el tono con el que hubiera dicho «porque llovió».

168

—¿Cómo que te asaltaron? —pregunté guardándome un grito. Impensable atreverse a corregir su bien cuidada paz. No podía igualar la tranquilidad de su voz, pero tampoco hice un escándalo—. ¿Qué pasó? —pregunté. Nos sentamos frente a un vaso de leche.

Sucedió que al llegar al tope que avisaba de un semáforo en el cruce de la avenida Revolución con Río Mixcoac, un tipo jaló el picaporte de la puerta que iba sin el seguro y brincó al asiento junto a ella con la facilidad con que hubiera subido el amigo que la esperaba dos calles adelante.

—No grites —dijo—. Ni te hagas pendeja ni quieras avisar, no toques el claxon ni te estrelles. —Tenía una pistola—. ¿Qué traes? —le preguntó.

—Mi monedero —dijo ella como si en efecto estuviera platicando con un amigo. Ni un insulto ni una muestra de miedo. El tipo abrió el monedero. Había cien pesos. Los tomó y lo aventó.

—Qué pinches tus jefes. ¿Qué más?

—El celular —dijo Cati enseñando el que tenía sobre las piernas.

—No lo quiero. ¿Qué más?

—La tarjeta que está ahí —dijo ella señalando la parte de arriba del tablero.

—No me sirve —contestó él tras revisarla—. Es de crédito.

Para entonces la noche se había cerrado sobre el amplio camino lleno de autos. Del lado izquierdo salía una callecita delgada.

—Date aquí —le ordenó a Cati que obedecía sin un reniego, como si creyera en su ángel de la guarda.

Entraron a la callejuela sin más salida ni más luz que un farol desvencijado, en el barrio de San Pedro de los Pinos, a dos pasos de la avenida más grande que corre rumbo al sur de la ciudad; oscura y delgada como un precipicio.

—Párate ahí —ordenó el tipo, que era joven.

No había un alma visible. Ni a qué dios apelar. Había una pistola y un silencio que mi hija no rompió, solo mantuvo los ojos firmes y ni un temblor en el filo de sus labios. Adivinar dónde aprendió ese simulacro de frialdad, pero no lo perdió un segundo. El muchacho se recargó contra la ventana, la miró de la frente a las rodillas.

—Vete, güera, porque estás muy bonita y no me quiero manchar —dijo. Luego abrió la puerta y se echó a la angostura de la calle sin salida.

Solo hacia atrás, rayando la puerta en el primer temblor con que tomó el volante, llegó Cati a la bocacalle frente al río de luces.

—Así que mejor regresé. Qué pena el golpe en la *camio* —dijo—. Pero no me pasó nada, no te preocupes.

Petición loca entre locuras. Claro que no me preocupé, si ocupada estaba en disimular mi pavor. Y hasta la fecha. Lo inverosímil: en la ciudad del miedo, no le pasó nada. Porque sí. Por fortuna, de milagro.

La tarde siguiente me avisó para no dejar:

—Ahora sí voy a ver a Bambi. Me llevo la camioneta.

Y yo le dije sí, porque aquí la puse a vivir. ¿Qué le iba yo a decir?

Se fue la luz

Un día, hablando de extravagancias alguien dijo haber visto un cocodrilo azul y mi hermano Carlos mató esa perla con una mayor cuando respondió: «Pues yo conozco a un tipo al que nunca se le ha ido la luz». «¡¡¡Ah!!!», dijimos todos y ganó el concurso de extravagancias. Y es que aquí en México la luz «se va», lo que quiere decir que a la menor provocación explota algo en la calle y las casas se quedan a oscuras.

Anoche había salido la luna, pero cada quien estaba en su cuarto buscando atisbos de otras en su propia tele, y de repente ¡se fue la luz! Toda la casa a oscuras y la verdadera luna riéndose de nosotros, entrando por los vidrios del tejado.

Mateo abrió la puerta de su cuarto y apareció con una linterna en la mano. Es el hombre más previsor del mundo: uno diría que anda en las nubes, pero en el estricto sentido de la palabra es el único que tiene puestas las pilas. Ahora tiene la cabeza llena de rizos desordenados y de historias fantásticas.

Los demás fuimos saliendo de nuestros refugios y nos encontramos a conversar en la oscuridad filtrada por la luz de nuestro único satélite.

Todo pasó por nuestras quimeras. El mundo y su barbarie, la ciudad y sus calles. El futuro de Obama, el del planeta, las guerras que tendrá que resolver. La duda de los templos. La paz de las hormigas. El loco guía de una secta en Marruecos que autorizó entre sus fieles el matrimonio de las niñas a los nueve años. Nuestro horror a ese horror. Los muertos de hoy en Tijuana, la vida toda en Ciudad Juárez como un predicamento de la muerte. El país con su pena y su cauda, con su aire de naufragio pero su proa en alto. Nosotros: cada uno en cada cual con su promesa y sus augurios. Todo.

Presos de nuestras palabras como de las luciérnagas, estuvimos dos horas hablando. Y no enmendamos el mundo, pero la parte en que habitamos se iluminó con la oscuridad.

Una mesita

De repente me quedé dormida sobre el escritorio, bajo la música de un chelo sonando en mi cabeza, y soñé con la mesita de centro que hay en el departamento de mi hija: es una mesa de madera, algo vieja, ideal para el tamaño de su sala, que compró en una venta de garaje. No me lo pareció al principio, pero ahora pienso que ahí se ve preciosa. En el sueño me dieron muchas ganas de verla, como si fuera mi hija. Verla con sus flores en el centro, verla frente a mí como cuando nos comimos un sándwich de jamón y queso mientras proyectamos *Mad Men* en la pared, verla como cuando Cati se fue a clases y estuve sola en la casa, sintiéndola. No me parecieron extraordinarias esas horas de espera y, de repente, se han vuelto doradas.

MÁS BAJO EL CIELO

Hermosa mujer ambigua. Así la llamó su hijo el mediodía anterior a su cumpleaños; luego ella pasó la tarde llorando y preguntándose qué hacer con unos demonios que desconocía. Nunca le afligieron los cumpleaños, siempre tuvo una edad ambigua hasta que la tomaron por su cuenta los fuegos artificiales de un sábado. Y tras tanta alegría, de repente le subió a la garganta una marea de miedo, y se quedó huérfana. Se le agolparon todos los muertos que ya cuenta su vida. Y todos los premios del colegio, las bandas de honor, los vestidos con faldas como lámparas y una nostalgia húmeda que no quería salírsele del cuerpo sino llorando. Pero llorar está mal visto, inhibe a los demás, a los bienamados que no saben qué hacer con uno, y a uno mismo: a uno le avergüenza llorar. ¿Cómo se le ocurría ponerse a llorar sobre la tarde? La muda tarde azul, intensa y seca. ¿Por qué lloro?, se dijo. Lo tengo todo menos lo que no tengo, y lo único que no tengo es lo que a todos nos van quitando. Necia, desagradecida, ambigua. Eso: ambigua. Inasible. Entregada. ¿A qué fiebre no se había entregado? Ella, que se monta en el caballo que le pasa enfrente y cuyo principal delito es ya no hacer ejercicio. ¿Qué diría de ella la vida, si palabras tuviera? ¿Y qué diría de mí?

Pájaros

Hoy nacieron, en medio del árbol, unos pájaros que han piado sin parar. Deben tener hambre. Su padre puede ser un colibrí que ha pasado el día chupando flores. No sé si podrá guardar alguna miel para ellos o si solo es un irresponsable.

Abrigo la esperanza

El pasado se recupera en atisbos, y trastorna el presente con su aire desconocido, a pesar de cuánto nos ha dicho la intuición que pudo ser.

Uno de estos días, la suave mujer que alberga el nombre de mi prima Adriana trajo a la comida una carta en la que nuestro bisabuelo, el abuelo materno de nuestras madres, le pide a su futuro padre en la ley permiso para casarse con su hija.

Era el año 1881.

Henry James tenía treinta y ocho, Manuel Payno, setenta y uno; Guillermo Prieto, sesenta y tres; Porfirio Díaz, cincuenta y uno; Carmen Serdán, seis. Amado Nervo tenía once, Emiliano Zapata, dos. Nuestra bisabuela, veinte.

¿Quién no ha imaginado el siglo XIX? Algunos escribimos libros que ahí suceden, tantos hemos leído las novelas de aquel tiempo que a veces despertamos creyendo que allá estuvimos con los cinco sentidos y todas nuestras emociones. Pero somos este pedazo de presente y mil veces olvidamos las costumbres de los ancestros cuando vemos a nuestros hijos enamorarse, ni se diga cuando fundamos nuestros propios amores.

Que todo se ha ido haciendo distinto, y que en nuestra casa el matrimonio es una institución que aún no hemos visto desfilar con su vestido blanco, nos parece lógico, incluso indeleble. Pensamos que está en nuestra índole descreída el desapego a las ceremonias ancestrales, que jamás hemos de añorar el modo en que los amores de antes buscaban su camino.

Sin embargo, adivinar si la nostalgia ha de tomarnos algún día, porque a veces nos reta sin más. Como ahora que la hija de mis amigos entra con naturalidad a una boda con todas las de la ley: anillo, pedida, iglesia, regalos, donas, dote, vestido concelebrado por varias modistas y cuanto festejo deba acompañar el asunto.

Yo me fui a vivir con mi cónyuge de un día para otro y sin más participación a la pobre de mi madre que un breve aviso tres días antes. En una semana la vi adelgazar cinco kilos, segura de que estaba haciendo un tango silencioso que yo no debería reconocer como aflicción y frente al que pasé de largo sin disculpas, sin imaginar un minuto que de mi soberana actitud vendría una tarde la pena de haber causado pena.

Luego tuve hijos y ella los adoró sin volver a recordar cuál había sido el origen insólito de la alianza que los trajo. En medio del trajín que fue mi vida durante su infancia, cuentan que resulté una mamá en sus cabales, aunque pareciera loca cuando les enseñé el mar o me abrigara el júbilo de convivir con el emancipado candor en que crecieron. Que la inocencia la irían perdiendo en trechos, igual que todos, que de la ingobernable libertad habrían de hacer su pan, porque nada más regio podíamos enseñarles, lo supe como sé de la luna y sus mapas. Y que en ambas habría que estar cercanos, pero impávidos, quise saber sin predecir cuánto.

Hasta ahora que van haciendo su vida me pregunto si han de echar en falta las costumbres que nuestros pies borraron de su arena, si lo que quise para ellos resultará lo mejor.

Sin duda me lo pregunté al mirar la carta. ¿Cuánto de los tiempos y los modos de sus tatarabuelos quedará en el espíritu de mis hijos? Porque hay algo en el fondo de la petición escrita por mi bisabuelo que quizás en estos años de abismos y rupturas puede necesitarse.

Me voy a dar el lujo de transcribirla, para que conste cómo suena a un río del que ya no tenemos memoria.

Era el mundo redondo y en aquella familia parecía claro dónde estaba el bien hacer. El país apenas había salido de una guerra y no tardaría en llegar otra, pero aquello no lastimó la devoción con que se tramaba el destino.

Imaginen un papel de impecable gris, con monograma, en el que se lee:

En Arroyo Zarco, a 24 de marzo de 1881.

Querido tío Antonino:

Con pena paso a distraer su atención, para ocuparla en un punto en que me hallo vivamente interesado. Como verá Usted por la carta de papá que tengo el gusto de acompañarle, abrigo el deseo de unirme a mi apreciable prima Deifilia, bajo el lazo indisoluble del matrimonio. Algún tiempo después de haber manifestado a mi citada prima estos sentimientos, ella me contestó que podía dirigirme a sus padres, lo que verifico hoy por medio de la presente, suplicándoles a Usted y a tía Chonita que si lo tienen a bien accedan a mi pretensión, hija del inmenso amor que profeso a Deifilia, inspirado por las relevantes cualidades que la adornan. Comprendo lo delicado que es para un padre dar una resolución como esta, en que se trata de la suerte de una hija pero, a la vez, abrigo la esperanza de que Usted y tía Chonita, convencidos de que mis deseos nacen del fondo de mi alma, consentirán mi enlace con Deifilia augurando así nuestra felicidad.

Con gratos recuerdos para toda la familia, se despide de Usted su sobrino:

DIEGO RAMOS LANZ

Todos los apellidos de mi familia materna vivían en la sierra alta de Puebla, y habían llegado allí unos antes que otros, pero ninguno hacía más de un siglo. Quién sabe cuándo se habrán hecho parientes, pero esto que ahora parece raro debió ser común porque los bisabuelos eran primos y en la carta todo hay menos la duda de un impedimento por causa de consanguinidad. Eran primos y ya. Se casaron, se quisieron, tuvieron siete hijos y les vivieron tres. La Revolución pasó por encima de ellos y de su tierra, pero en su cándida reverencia a las costumbres en que crecieron no hubo merma. La vida solo se hizo distinta en sus bisnietos y ellos ya no estuvieron para vernos.

Ahí hay una novela, como en todo, pero no es por eso que traigo a cuento la carta sino porque evoca una plegaria a la que de repente podríamos acudir.

Sé que esta alianza que ahora tienen nuestros hijos no necesitó ningún permiso, pero creo que en algún momento, mientras la hacían, le cupo el mismo temblor de tantos. Trae aparejada la misma duda y las mismas certezas. Ya no es a los padres a quienes se les entrega el destino, es a sí mismos y al modo en que tejan su vida que irá debiéndose cómo han de quererse, dónde, si han de brotarles hijos, si sus deseos han de coincidir con su rumbo.

Me detengo frente a la incertidumbre del bisabuelo pasando a distraer la atención de su tío. Qué giro extraño: «pasar a distraer». Se oye lejano, pero sin duda todos los enlaces «pasan a distraer» a los padres. ¿Qué pensarán los papás de mi nuera con esta distracción? ¿Con qué tipo de paz han de aceptar que no llegue la carta diciendo cuánto abriga un deseo el hombre joven que va con su hija al cine y a viajar y a la luna? Sé que a mí nadie va a preguntarme si mi hija puede vivir en Los Ángeles, novia de un hombre inteligente y noble que la quiere como solo ellos saben, sin más pregón que su cercanía. Investigar qué es lo que tengan a bien los padres es un asunto que aquí se acabó hace dos generaciones, y ya no es pionera la madre que esto acepta ni es heroico el padre.

El lazo indisoluble del matrimonio, el inmenso amor, las relevantes cualidades, el fondo del alma, no se ponen por escrito con la solemnidad acuciosa de aquel tiempo, al menos no en mi casa y no desde los padres de mis hijos. Pero ahí están. Y esto nos queda claro a todos.

Nosotros no alcanzamos ni a pedir permiso ni a pedir perdón. Enseñamos a los hijos a ser libres y con eso les dimos carga suficiente. Ese fue nuestro modo de augurarles tal cosa como la felicidad en que confiaron los bisabuelos. Lo demás está en sus manos. Abrigo la esperanza de que hayamos tenido razón.

Quiméricos condones

Yo nunca entré en amores a la fiebre de un condón. Lo pensé hace poco, mientras me despedía de un recodo en el Caribe.

Siempre que dejo el mar para volver al cotidiano desdén de una ciudad que no lo nombra mientras vive, que no lo ve al pasar ni cuenta con su horizonte, me estremece saber que ahí se quedará, con su luz y su asombro, mientras yo pierdo el tiempo en otra parte. Igual que ha de quedarse la vida cuando ya no estemos para mirarla: inaudita, indescifrable, impávida. Hemos de viajar a la nebulosa de Andrómeda, como el querido Eliseo Alberto, y ha de quedarse la Tierra, si bien nos va, con nuestro nombre como una raya entre las nubes de cualquier tarde. «Ni modo, muchacha», diría él.

Mientras eso nos pasa, pasa el mundo con su demanda y sus promesas, con sus recuerdos como luces de bengala, con su andar preguntando qué nos falta y cuánto hemos tenido. Yo hago el recuento a veces por jugar, a veces porque sí y de vez en cuando porque esto de vivir como vivos eternos queda un segundo en vilo. Por ejemplo la semana pasada, cuando alguien nos ayudó a creer que pudimos morir en un accidente aéreo. No he leído a Gibbon, me dije, ni bien a bien a Shakespeare, ni el *Quijote* de corrido ni a Séneca. Pero me sé los sonetos de Sor Juana y tarareo dormida el *Concierto para clarinete* de Mozart. Tengo casa en la luna y en los últimos tiempos soy tan araña como tantos otros. Aún tengo los deseos en su lugar y un cristal con quién compartirlos.

No presumo, seguro ha de faltarme un millar de extravagancias y espejismos, alguno irá llegando cada día; lo que no ha de pasarme, aunque digan que de nada hay que estar cierto, es andar en amores utilizando un condón. Ya no estoy en edad de comenzar y entre lo comenzado, aunque hay viajes al final de la Tierra, no creo que pueda haber preservativos.

Se diría que soy una irresponsable, pero la verdad es que me tocó ser muy joven y empezar con estas emociones durante unos escasos pero promisorios años de seguridad sexual. Para mí el sexo no tenía más peligro que el de caer en la red de un enamoramiento indebido, y por indebido quiero decir acarreador de catástrofes, tormentas y equívocos del corazón. Todo eso que pueden provocar, por decir algo crucial, los hombres casados con alguien más; uno los querría mantener en su cama. (Obvio, pero no tanto: en la cama de uno.) Un temor del que por fortuna estoy de regreso hace tiempo. Total, todas estas derivaciones como de jazz para volver a mi primera frase: me inscribí a los embrollos del sexo entre dos después de la píldora y antes del sida. No sé un ápice de las aterciopeladas extravagancias de un condón.

En los ochenta, cuando irrumpieron los riesgos, ya todo parecía confiable en mis deseos. Ahora también. De ahí que el condón sea una de las muchas experiencias que no he tenido, pero una de las varias que me provocan curiosidad.

¿Qué han de sentir? ¿Cómo le hacen? Bien lo saben mis hijos, pero no por mí, sino por la información que hubo en su aire. Los enseñamos a lavarse los dientes y a dar las gracias, a no enturbiar la vida de los otros, a tener entre sus causas la esperanza y entre sus deberes la generosidad, pero lo del condón se quedó en otras manos; literalmente. Así que preguntarles de qué va el asunto, siempre creí que les resultaría incómodo. Por supuesto a Mateo, pensé. Y Cati, ahora que tengo la pregunta, no está. Aunque la curiosidad me vino también a partir de que leí en su *blog* un cuento que es una maravilla. La adolescente de su historia oye a sus espaldas el sonido que hace su novio intentando abrir la bolsita de un condón, y a la memoria le llega el ruido que hacía el paquete de las galletas Oreo, cuando en la infancia trataba de abrirlas a la hora del recreo.

Decía mi madre que no es bueno elogiar mucho a los hijos, pero ni modo: yo suelo hacerlo porque me gusta entrar al delirio de la intimidad expuesta, y hacerlo en un periódico, donde lo que importa es hablar de lo público, del bien, las finanzas y el mal de otros, de la sociedad, de los delincuentes, de los políticos y de la mismísima patria; el mundo de lo privado es para los libros. Eso creemos, porque de eso no hablamos en los diarios, donde tanto hablamos de otros y tan poco de nosotros.

Vuelvo a la melodía: no sé cómo se usa un condón, pero ahora la tele, por las noches, está obsesionada con ilustrarme y convocarnos a entender dos informaciones: la conmovedora muestra a un hombre y una mujer con amores envejecidos que, gracias a la influencia positiva de los laboratorios no sé qué, se convierten en dos fieras adolescentes y pasan de la indiferencia a la pasión, según nos aconsejan, previa consulta a su médico. La otra tiene varios exhortos. Todos nos llevan a un condón, pero cada uno ofrece algo distinto. Los hay sedosos, resistentes, cosquilludos, sin burbujas, de colores, perfumados y con gel. No sé si con luciérnagas y arcoíris, pero tal vez los haya. Adivinar, porque los hay con sabor a durazno y aroma de fresa.

La colección de recomendaciones femeninas en torno a la gloria que puede derivarse de un plástico me tiene por lo menos curiosa, pero a veces me llena de envidia. Hay un anuncio, creo que el mejor de todos, que es el que más me intriga: una hilera de jovencitas muy guapas van contando las diversas cualidades de una marca. La última niña no es tan guapa, pero es la más sugerente: «Con condones (no me acuerdo qué)», dice mirando a la cámara, «él se cuida (mira a un lado), él me cuida (mira al otro), él me ayuda a sentir más» (mira hacia abajo entrecerrando los párpados).

¡Una gloria de la cachondería *retro* que ni la Virgen de Guadalupe! Siempre que lo veo, y lo veo mucho en las desveladas, me duermo con el antojo de conocer un condón brillante y cosquillando. ¿Cómo será eso? Quién sabe. Ahora creo más posible una visita a Júpiter que uno de estos luminosos artefactos en mi futuro. No sé. Pasando el tiempo, a lo mejor tendré que conformarme con la promesa de los laboratorios expertos en recuperar el pasado. Me dio tristeza: tanto, que me salió del alma irle a Mateo con el tema.

—Si es cosa de creerle a la tele, me llevaré al otro mundo una asignatura sin cursar que, según oigo, puede ser una experiencia más lujuriosa que la mismísima lujuria; algo como viajar vivo a la nebulosa de Andrómeda.

—No te preocupes —dijo moviendo la sartén en que freía una quesadilla—. Son puras exageraciones. Ya sabes cómo inventa la publicidad.

Había en su tono una condescendencia suave. Así las cosas, me fui a dormir en paz. Yo tengo la quimera y ellos los condones.

Un piano para el mar

Soñé que el mar entraba por una ventana y se metía al piano; corrió la espuma entre las teclas y el agua por todas partes. Hacía ruido ese mar, su hermoso ruido. Y junto al piano había una niña mirando; en paz, como si todo le resultara natural. Yo estaba en el sueño con alguien más, creo que un hombre pero no sé quién, solo que era alguien tan encantado como yo con el espectáculo. La niña no se movía y le tomé una foto con mi teléfono. Tengo el recuerdo vívido de que fui feliz en este sueño. Desperté sin zozobra, sin decepción del mundo, segura de que había estado en un lugar extraordinario del que solo yo sabría. Raro ese mar que entraba con ardor por la ventana. Traté de contarles a otros la emoción de ese instante. Me han oído, pero no he podido tocarlos con la belleza que sentí; el mar dentro de un cuarto, preso y libre al mismo tiempo, brotando entre el piano, y la niña envuelta en él. Como dibujada: inmutable e intacta.

Un piano para Rosario

Un día de 1993, fui con Rosario y su papá a comprar un piano para nuestra casa. Era la cuarta vez que visitaba la tienda de venta, renta y consignación de pianos, suspendida en medio del ruido atroz que hace el eje vial donde antes estuvo la avenida Tacubaya: una especie de gran vitrina, un cuarto encristalado en el que los pianos de cola se codeaban presumiendo su alcurnia y enseñando sus teclados a la escéptica banqueta por la que solo cruzaban los arpegios de uno que otro albur.

Entonces Rosario era tímida y febril como una heroína del romanticismo. Ese día en la tienda tocó, en el piano de más noble estirpe, el primer movimiento de una dificilísima sonata de Bach. A la ella de entonces me la he guardado así, entera con todo y su música, su melenita despeinada y su gesto afligido. De repente se detuvo, quitó las manos de las teclas y nos miró: faltaban dos semanas para su examen de ingreso a la Escuela Nacional de Música.

En el salón de atrás de la tienda, amontonados como trebejos en la penumbra, vimos varios pianos verticales, algunos de abolengo. Estaban como durmiendo, aburridos de mirarse y ser vistos igual que si solo fueran muebles, como si no trajeran dentro los sueños y el delirio de quienes hicieron música con ellos.

Ahí nos encontramos al Zeitter & Winkelmann de 1912. El año en que nació Ionesco, el año en que Picasso pintó *El violín*, el año en que Ravel terminó *Dafnis y Cloe*, el año en que se hundió el *Titanic*, el único año completo que gobernó México Francisco I. Madero. El año en que nació mi padre y se terminó de construir la primera versión de la casa en que aún vivimos.

Cualquier año es bueno para nacer, todos acarrean prodigios y desventuras.

El papá de Rosario compró el piano para nuestra casa, y yo lo bendije. ¿Quién me iba a decir a mí que alguna vez tendríamos un piano?

Rosario no vivía con nosotros, pero el piano era para que ella lo tocara cada vez que venía, y para ver si sus hermanos se hacían al ánimo de aprender. Mateo y Cati tenían once y nueve años, la edad en que los padres les dicen a sus hijos lo que deben hacer. Yo no les impuse el piano: creo que no tuve razón, pero creo también que decirlo tampoco enmienda nada.

Tras cinco años abandonado a sí mismo, el piano corrió tras Rosario. No podría haber encontrado mejor lugar para vivir que bajo la palma de las manos de esa pianista excepcional dentro de la que también caben la mamá de unos cuates, una historiadora y una abogada. A los treinta y siete años, Rosario es todas esas mujeres que han luchado entre sí para ir construyéndola. En semejante batalla la pianista había detenido su andar; por más que venero todos los quehaceres de su vida actual, yo no dejaba de lamentarlo, así que nada podría haberme hecho más feliz que su carta de ahora, avisándome que ha vuelto a 1912.

Mar en vilo

Casi todas las habitaciones del pequeño hotel miran al mar. No es un mar avasallador y deslumbrante como otros que conozco, pero es suave y memorable: un mar de cristales al que el pueblo le dio la espalda hace más de cincuenta años, tras la noche en que enloqueció para devastarlo con el paso del célebre ciclón *Janet*, cuna y presagio de cuantas catástrofes puedan caber en ese rumbo.

Quienes lo vivieron no lo olvidarán nunca; hay libros y crónicas, testimonios y conversaciones sobre cada detalle de aquella noche. Durante los treinta y dos años que llevo en la familia Aguilar Camín, he cosechado miles, pero segura estoy de que aún me falta oír. Recontando el espanto, los habitantes del pueblo se movieron hacia la selva y apenas ahora, cuando los nietos de quienes lo padecieron empiezan a mandar sobre la tierra, es que han comenzado a construir ventanas, restaurantes, esperanza mirando al agua de cerca.

Cinco hermanos nacieron de una madre que amó la tierra de Quintana Roo como a ninguna otra y de un padre que huyó de su niebla y su luz, cegado por la pena de sus pérdidas. Pero esa historia es un asunto serio cuyo recuento y poesía pertenecen a otros; yo en ella soy solo una lectora más. Lo que sí depende de mí es el viaje de los hijos, con sus cónyuges y sus hijos. Creo que fui yo quien ideó que la familia de estos hermanos tratara de pasar los fines de año en la ciudad de trescientos mil habitantes que en la memoria de todos ellos y en la mía, que es la suya, sigue siendo un pueblo en vilo frente a una bahía de agua pálida en la mañana y plateada en las tardes. A este pueblo volvemos aunque a su vez haya vuelto hace mucho del sueño que lo creó y sea nuevo para otros, los que no somos nosotros.

Necesitamos la idea del tiempo, este recordar que el alma nos va y viene entre un año y el otro; alma y año inventados, como los sueños.

Para mí, la única prueba de que el año se acaba es este viaje al mar de Chetumal. Celebramos la Nochevieja todos nosotros, hijos, nietos, hermanos y hermanados, como colgando sobre un acantilado, conversando, riéndonos y comiendo, entre un deber perdido y una lista de promesas en silencio.

Sin haberlo decidido nunca, este viaje se está volviendo una querencia a la que acudimos cada diciembre sin asegurar nunca que volveremos al siguiente.

En Chetumal nos casamos hace cuatro años. Después de vivir treinta fuera de una ley que no fuera la nuestra, un atardecer frente a la playa los primos de Chetumal nos preguntaron cuántos siglos teníamos de casados. En otro momento hubiéramos dicho el tiempo de vida en común sin hacer mayor aclaración, pero ese día, columpiados en la hamaca del ocio, hicimos todo el cuento.

191

Cuando decidimos vivir juntos al final de los febriles setenta, con el futuro como un deber de libertad y en la cabeza la fiera patria del desafuero, ni se nos ocurrió casarnos. La pobre de mi madre adelgazó cuatro kilos en dos noches cuando quedó al tanto de que yo había decidido irme a dormir en la misma cama con un muchacho de pelos en desorden y saludo distante, que por encima de cualquier cualidad llevaba tres años divorciado y tenía una hija, preciosa (sabía yo, pero no ella), de cinco. Era doctor en historia, había vuelto a vivir con su familia, no le interesaba quedar bien con la mía, ni conmigo ni con nadie. Ganaba lo que ganaba, que era tanto o tan poco como lo que yo ganaba. Mucho más no sabía ella. Porque Héctor no era, como ahora, un hombre que cuando dice buenas tardes ya está diciendo con sus modales y sus frases como agujas que es un hombre muy inteligente, que es bondadoso, que se puede contar con él y que tiene todas las cualidades que uno quiera encontrarle. Era un cangrejo ermitaño, de esos que se meten en las conchas que han soltado los caracoles y van viviendo protegidos en ellas; estaba, como ahora, pensando, aunque a la pobre de mi mamá eso no le dijera mucho entonces. Hoy que lo veo de su lado, entiendo lo difícil que le fue entender mi decisión y reconozco tan bien como en ese tiempo, pero con mucho más agradecimiento, que ella fue de una lealtad solo del tamaño de su confianza, la que fue siempre una de las mejores formas de su amor. No entendía mi decisión, pero no por eso la entorpeció. Confiaba en mi buen juicio. No sé por qué, dado que entre la muerte de mi padre y ese año, yo llevaba siete de no estar siempre en mis cabales.

Durante los mismos años, los primos de Chetumal vivían justo del otro lado de nuestras rarísimas costumbres. Se habían casado en los setenta sin haber leído a Sartre, ni a Camus ni a Cortázar y sin la confusión y los aciertos que tales amistades conllevan. Mucho tiempo después oyeron nuestra historia, pacientes y embrollados, hasta que Catalina decidió enloquecer el juego aún más, demandando entre risas: «¡Cásense! ¡Sáquennos de la ignominiosa condición de bastardos en que hemos estado todos estos años!»

«¿De verdad no están casados? ¿Y se quieren casar?», preguntaron. Del *sí* jugado salieron tras nuestro deseo todas las fantasías y la bondad de quienes nos rodearon. Era 30 de diciembre. Nos casamos el 31 en la calle, junto a la fachada de lo que fue la casa de los padres de Héctor, dejada ahí para nuestra fortuna, custodiando la puerta de lo que sería un edificio. Los primos consiguieron que un juez amigo quisiera meterse en el lío de casar a unos con treinta años de casados. Un juez que era la distinción misma, que apareció como un ángel a las once de la noche, hizo un discurso lleno de generosidad y desapareció antes de las doce, dejándonos en mitad de una fiesta. Firmaron de testigos nuestros hijos y todos los parientes que ahí estaban, más todo el que iba pasando por la calle; una locura con la que iluminar la cuerda de cordura que puede ser la vida. Lo único malo es que no fueron ni mis hermanos ni mi madre, que llevaba casi un año muy enferma y que aún no sé si nos creería eso de la boda con la que volvimos de aquellas vacaciones.

Ahora vamos todos, los de uno y otro lado, cada año, una

semana, a la punta sur de México para recrear y recordar, para abrir los siguientes doce meses, empeñados en el intento de hilar la cuenta de lo posible con la del imposible. Y ahí amanecemos, exterminados por el ángel del juego, esperando la madrugada del Año Nuevo en nuestra pequeña pero también eufórica y beligerante plaza privada.

¿Verdad?

A veces, el ir y venir de las cosas y el destino sería mucho más arduo si nos faltara la compañía de los personajes que esta novela, por la que cruza nuestra vida, nos va regalando.

Caballo de la noche

Daniela estudió leyes y una parte de ella es una abogada só-
lida y tenaz, memoriosa y sabelotodo. Si se hubiera dedicado al derecho fiscal, como hizo al terminar la universidad,
podría estar en una agrupación de la ciudad de México haciendo una fortuna. Ese trabajo le habían ofrecido cuando
decidió que la otra parte de sí misma está arraigada al campo
y que no podía vivir lejos de él, su horizonte y su trajín. Se
quedó trabajando en Puebla y dedica todo su tiempo libre
a ser una granjera tan tenaz y valiente como es abogada. Es
aquí donde entra *Tabaco*, su caballo.

Como su nombre lo dice, era café. Tenía entre las cejas
un trozo de pelo claro y era bueno como todo buen caballo;
tanto, que tuve la confianza de montarlo para caminar un
poquito tras una eternidad de no hacerlo. Me gustó sentir
su olor, su mansedumbre, y era linda Daniela en las tardes
dándole de comer cuando empezaba a patear la caballeri-
za. Daniela tiene otros tres caballos, entre ellos uno viejo y
chiquito con el que quiso aprender a hacer surcos en los que
luego siembran flores.

Dice Dani que la mayor parte de los caballos que viven
como los de ella, mueren de cólico: de repente se les atora

la cebada o la avena y ni para atrás ni para adelante, porque ellos no tienen los intestinos sujetos por el costillar sino flotando, así que si les da un dolor y se revuelcan, se les puede voltear el estómago, de donde se derivan unas complicaciones horribles. Eso le pasó a *Tabaco*.

Dani llamó a su amigo Nacho, que llegó con un veterinario que es su amigo y encontró la situación tan grave que ya estaba allí otro veterinario y tres voluntarios. Hicieron cuanto pudieron. Daniela describe todo con minucia, pero con recato: nunca especificó los desfalcos que condujeron a la urgencia de darle un tiro entre los ojos. Cosas que solo pasan en los ranchos. Arturo, mi cuñado, se hizo cargo; dice Verónica que volvió a la casa con cara de velorio. Lo admiro: no me imagino a Héctor dando un tiro, pero ni con cerbatana. Y yo, ¿qué digo? Ni con la imaginación. La sola idea me estremece. Se necesita valor.

Dejé mi pésame en el buzón telefónico de Daniela, según yo para darle ánimos. Cuando colgué me di cuenta de que entre la compasión y la voz de catarro, pareció que la pena era mía y no suya. Así debió ser, porque me devolvió la llamada para entregarme el parte con toda paz y parsimonia. Luego, con un sentido del humor que no conozco en nadie más, porque no implica burla sino aceptación, me contó los detalles. Cuando todo terminó, llovían relámpagos como llovió toda la tarde; imposible enterrar al caballo, horrible pensar que ahí amanecería. Nacho, cuya cantidad de recursos y contactos cada vez descubrimos mayor, encontró la solución en un amigo suyo, chipileño, de nombre

Domingo y de ocupación vendedor de carne. Fue a buscarlo a su casa, de la que salió con el único inconveniente de que tal vez no llegaría a tiempo para la misa con que en Chipilo, último pueblo del Véneto de casualidad engarzado en Puebla, se recibirían solemnemente los paseadores restos de San Juan Bosco.

En mitad de la noche, Domingo se presentó con un camión, cinco poleas y dos ayudantes a encaramar al caballo muerto para llevárselo a vender. Mil quinientos pesos le pagaron a Dani por su caballo de quinientos kilos. Y yo, que hubiera pagado porque se lo llevaran, todavía no me repongo de la historia.

«Pobre *Tabaco*, él solito pagó su veterinario y sus funerales», dice Daniela con la misericordia de una diosa.

.

SALVANDO A FORTUNATA

Cuenta mi hermana en uno de sus afortunados correos:

Por la carretera federal a Atlixco, entre Chipilo y San Francisco Ecatepec, hay un rastro. Nunca he entrado en él, pero me lo puedo imaginar avasallado con toda la brutalidad y el horror que el hombre es capaz de ejercer sobre los animales.

Hace tres semanas, transitando por ahí cerca, rebasé a un camión de redilas con su triste carga de mulas y caballos flacos y viejos, rumbo a su predecible destino. Entre los cuerpos apretados de los animales vislumbré la cabeza de una pequeña burra, con la típica cinta roja que les ponen en los pueblos a los animales para ahuyentar el «mal de ojo». A esta burrita le funcionó porque tuvo la suerte de cruzarse conmigo. Me dejé rebasar de nuevo por el camión y le hice señas al chofer para que se detuviera. Amablemente se orilló y me bajé a hablar con él.

—¿También lleva a matar a la burrita? —le pregunté.

—Pues sí, señito, a mí no me sirve para nada.

—¿Entonces para qué dejó que se cruzaran sus burros?

—Ellos fueron los que se cruzaron. Ya ve usted cómo son los animales.

—¿Y cuánto le van a dar por ella en el rastro?

—Como doscientos pesos.

—Se la compro yo —le dije.

Ahí mismo cerramos la operación y al rato dejó en mi casa a una burrita, que al día de hoy es la más feliz de la comarca. La he bautizado con el nombre de Fortunata. Y es en verdad afortunada, porque ha quedado bajo el cuidado de mi hija Daniela. La veo correr, vivir, galopar y me pregunto en qué momento y con qué derecho los seres humanos nos adueñamos de la vida y suerte de los animales del mundo.

Mi hermana con su casa y sus hijos, su marido y sus plantas, su pasión por la ciudad y lo que es de todos, no solo su dicha sino las penas de otros, podría ser una novela inaudita, pero es de ella contarla.

ATROPELLARON A LA *MOSCA*

Chipilo es un pueblo lleno de gracia en mitad de la carretera entre Puebla y Atlixco. Sus fundadores llegaron en 1898 con la primera inmigración italiana a México tras el derrame del río Piave, que dejó en la pobreza a mucha gente. Resulta muy difícil imaginar que la región del Véneto, ahora una de las más ricas del mundo, haya expulsado por hambre a los bisabuelos de los actuales chipileños, mujeres y hombres trabajadores a los que se les había prometido una tierra más fértil de la que recibieron al arribar. Tierras duras, tepetate, poca agua, encontraron los recién llegados a lo que se llamaba la hacienda de Chipiloc. Sin embargo, era gente que venía de la adversidad y que no pensaba vivir siempre en ella, así que sembraron, criaron animales, hicieron quesos y mantequilla y mantuvieron, mantienen viva la memoria de sus antepasados, su dialecto, un italiano que hasta en Italia empieza a ser escaso. Siguen siendo rubios y de ojos claros, lo que habla de que se han mezclado poco. Son muy guapos. Y muy trabajadores: creo que aun más las mujeres. Blanquita es un buen ejemplo. Debe tener mi edad y es la dueña, vendedora y hacedora de quesos de una tienda llamada La Nave Italia, donde se compra el más delicioso queso oreado y el mejor queso fresco de la región y de muchas otras. A mí me gusta pasar a comprarle crema y queso cuando voy rumbo a casa de mi hermana, a cuatro kilómetros de allí. Me conmueve Chipilo. Mi abuelo no vino con esos inmigrantes, pero sí llegó a México por esa época. Y también era del norte de Italia, del Piamonte, como muchos de los campesinos italianos que llegaron a la Argentina de esa época, pero esa es otra historia. Ahora pienso en Chipilo porque me acordé de la última que le pasó a mi hermana al ir de compras por ahí.

Ella transita la carretera, de su casa a Puebla, por lo menos una vez al día. Y por lo menos dos veces a la semana participa en un lío del tipo del que la hizo recoger a la burrita *Fortunata*. La semana pasada salió en la tarde por una medicina, y el automóvil que iba delante de ella atropelló a un perro: Verónica lo vio salir volando, y volando se bajó a ver qué había pasado. El perrito estaba tendido en el pavimento.

—¿Con sangre? —pregunté yo, que todo lo dramatizo.

—Sin sangre —dijo ella— pero igual debió estar deshecho por dentro.

Los vecinos conocían al perro y fueron a la casa de su dueña. Verónica, que ya debería tener suficiente con el sinnúmero de líos con los que trafica, se quedó quieta en lugar de huir de la pena ajena:

—¡*Mosca*! ¡*Mosca*! ¡Mi *Mosca*! —decía la rubia chipileña, triste como un aguacero.

—¿Y qué pasó? ¿Se murió? ¿La curaron? —le pregunto a Verónica.

—No sé —dijo ella—, se veía muy difícil que viviera. Ya no vi más.

Mosca. ¿En Chipilo? Recuerdo que cuando éramos niños y no había los insecticidas de ahora, bajar la ventanilla del coche, en el pueblo de los italianos, era correr el riesgo de verse negro en segundos. Aún ahora es lógico: donde hay establos, hay moscas. En Chipilo hay cientos de establos; y millones de moscas. Allí, alguien llamó a su perro *Mosca* y lo atropellaron. Ojalá y esté viva esa *Mosca*, la única de Chipilo por cuya muerte hemos penado.

ME CAÍ DE LA NUBE

Volví a mi casa, asida a una ya no tan rara sensación de sobrevivencia. En los últimos tiempos me caigo con relativa facilidad y con bastante frecuencia. Entre el 15 de diciembre y el 16 de enero me he caído cinco veces. En todas pude haberme medio matado, pero en dos pude haberme, drásticamente, matado y medio. La de hoy fue una de esas. Salí a dar una vuelta por la calle con la correa de un perro en cada mano y con un perro en cada correa. La verdad es que para ir tan enredada, un buen rato anduve incluso con donaire. Luego, al cruzar una bocacalle, un perro fue para un lado, la otra para el otro y yo me fui de bruces no sé cómo; caí sobre las manos y me levanté quizá con alguna gracia, porque un muchacho se acercó a mí sin saber si podía reírse o tendría que salir a buscar una ambulancia. En su cara se veía que no encontraba creíble que estuviera de vuelta en mis dos pies sin su ayuda, alzándome casi como si mi caída hubiera sido una maroma planeada.

A nuestras espaldas un coche pasó por el arroyo y me aseguré de que no había soltado las correas y los perros estaban caminando alrededor, a salvo, sobre la acera.

Ahora ha empezado a dolerme un poco el cuello y creo que tengo torcida la cintura, como si hubiera bailado flamenco después de mucho tiempo de no hacerlo; solo eso. Sin embargo, y lo digo sin temor a que se entere Mateo, mi hijo: contra todo lo que le digo siempre, hoy sí me asusté.

El barrio del pregón

Vivo en el barrio del pregón y a veces me confundo: tijeras, clavos, tacones, aspirinas. El gas, los perros, el voto, el veto, el desayuno, las siete. Yo misma soy un pregón a veces; ni que decir en las mañanas. Al rato pasará la que compra refrigeradores descompuestos, luego el que golpea un triángulo para ofrecer barquillos, la marimba, el campesino que se escapó del pueblo para desafinar una corneta; al final, como siempre, el que vende tamales oaxaqueños. A esas horas estará terminando la tarde y empezarán la luna y su pregón.

Vendrán entonces los recuerdos, como sea o como siguen, a distraerme. Al salir del hospital en que nació Catalina, una catarinita roja se pegó a su cobija y estuvo ahí, sin volar, siguiéndonos por todo el camino. De niño, a Mateo lo apremiaba saltar en las camas nada más entrar al cuarto de tía Luisa; al rato se cansaba y le iba dando unos tragos enormes al vaso de agua que ella ponía para ahuyentar, capturar y, en el peor de los casos, diluir a los malos espíritus. No quiero dejar de distraerme con la memoria de ella quitando el vaso lleno de intensidades espíritas para poner frente a la sed anárquica de mi hijo uno vacío de mal y lleno de sí.

No quiero dejar de perderme en el recuerdo de una cama de hotel, pequeña y casual, como larga fue siendo la pasión que ahí quiero. Andar bajo el cielo y los árboles donde duermen mis padres, y no apartar de mi desorden el pausado goteo de la memoria, aunque aparezca cuando menos lo espero a quitar del presente el lugar donde dejé los clavos, los tacones, las aspirinas, el pago del predial, el pasaporte, los pañuelos.

Tengo pocas certezas, algunas deudas y muchas memorias. Yo misma soy un pregón, a veces.

Austen en Austin

Hay escritores que nos gustan, escritores a los que admiramos y escritores que son de nuestra familia. Eso me pasa con Jane Austen. A veces soy parte de una fiesta o de una conversación y siento que podría estar en cualquier otro tiempo, suspendida en mitad del siglo antepasado, igual en mi jardín que en el campo inglés: la patria y el destino de Jane Austen. Me fascina el irónico deseo de lo ideal que hay en sus historias. Quizá yo crecí dentro de una: todo lo que cuenta me hace creer que, aunque entonces no se hablaba de clases medias, su gente se parecía a la clase media entre la que viví. Gente que temblaba con los preparativos de una fiesta, que veía los viajes como expediciones y los noviazgos como una duda entre dos templos. ¿Esto que aquí sucede, podría volverse eterno? Gente que vivía estirando el dinero para que alcanzara hasta el fin del mes, que quería para sus hijas hombres de bien y, de preferencia, con buena dote y buen tipo. Niñas que creían en que la confusión tiene remedio y por causa de ello eran capaces de meterse en lo inaudito. Pero, sobre todo, ojos capaces de imaginar el destino como algo sobre lo que uno puede incidir, cosa que en esos tiempos y en alguno de los míos parecía imposible.

Los ojos de Jane Austen eran premonitorios. Alguien creería que estoy loca si digo que era feminista, pero la verdad es que ninguna de sus heroínas tuvo a bien suicidarse para salir de un entuerto, mejor lo desafiaba como ahora se supone que debe hacerse, y se volvían dueñas de sus vidas por obra y gracia de su santa voluntad; como la propia Jane. Sola, mejor que mal acompañada.

Mil veces me había preguntado qué buscan en los objetos de otros quienes anhelan mirarlos; qué intuyen ahí de quienes vivieron en otros tiempos, sin imaginar que encontrarían reverencia y cariño siglos después. Llegaba mi comprensión hasta el atractivo que puede tener para una nieta el prendedor que fue de su abuela, el cepillo con el mango de plata, la jarrita de cobre en la que se ponía el agua caliente, pero por la letra de un escritor, por sus papeles, no me parecía importante preguntar. ¿Qué más dará?, pensaba. Por eso cuando, con el cuidado que ponen a sus visitas quienes trabajan en la Universidad de Texas, nos mandaron preguntar qué cosa relacionada con qué personas o temas nos gustaría que nos enseñaran de entre las que pudiera tener bajo su custodia el Harry Ransom Center en Austin, no hice mayor esfuerzo ni tuve más expectativas que las de cumplir con la visita que con tanta amabilidad nos proponían. Vamos y vemos cualquier cosa, me dije. Luego, tras la insistencia, pedí como quien está seguro de que no habrá agua en el desierto: «Si algo tienen relacionado con Jane Austen, me gustaría verlo». Y se me olvidó el asunto a tal grado que cuando íbamos rumbo al Ransom Center, mi interés por lo que guarda era el deseo de darles gusto a quienes nos invitaron.

Caminamos hacia la biblioteca cruzando por un jardín lleno de árboles con unas flores lilas que resplandecían tras la tormenta. En la entrada nos recibieron dos mujeres jóvenes: Anna y Katie. Dos enamoradas de su trabajo y sus tesoros. En medio de disculpas porque en el salón de lectura quién sabe qué acontecía, nos llevaron al bodegón lleno de estantes ordenadísimos en el centro del cual había una mesa cubierta de papeles viejos, papeles entre micas, cuidados como recién nacidos. Ya entrar allí nos hizo sentir que accedíamos a un santuario, pero la reverencia profesional con que esas dos expertas tocaban los papeles y nos iban contando lo que eran, lo que habían sacado pensando en lo que nosotros querríamos ver, fue de tal modo emocionante que no necesité más para saber que ahí había un lujo. Sobre la mesa estaban los documentos que ellas habían creído de nuestro interés. Nos presentaron la colección de Sanora Babb, la deslumbrante autora, ahora lo sé, de una novela excepcional, *Whose Names Are Unknown,* escrita en 1936 y publicada hasta 2006, sobre los trabajadores del campo en el sur de Estados Unidos. Llegó a las editoriales justo cuando la de Steinbeck, *The Grapes of Wrath,* estaba teniendo tal éxito de ventas que los editores consideraron imposible que el mercado resistiera dos libros con el mismo tema; en el archivo de Sanora vimos las cartas en que una casa tras otra rechazan su novela diciéndole que era muy buena.

Luego nos enseñaron unos apuntes del propio Steinbeck, otros de Don DeLillo. La primera versión de *Absalom, Absalom!* escrita a mano por William Faulkner, algunas cartas de Arthur Miller, la correspondencia entre Octavio Paz y su traductor, imprevistos por los que pasé los ojos con entusiasmo, pero nada más. Hasta que al final de la mesa, en la última esquina, impávida y conmovedora como suelen ser los amuletos, estaba una primera edición de *Orgullo y prejuicio*. Un libro pequeño, empastado en piel, que al principio tenía el nombre de quien fue su dueña: Cassandra Elizabeth Austen, escrito con su pequeña letra inclinada: el nombre de la hermana de Jane. Su principal escucha, su mejor amiga: Cassandra Elizabeth. De ese nombre debió salir la Lizzy de la novela. Y ahí estaban, todos en uno: Jane, Elizabeth, Cassandra, la devoción de las hermanas que es una constante en su vida y sus novelas, el nudo entre ellas y el precioso libro del que salía un polvo invisible e invencible.

«¿Lo puedo tocar?», le pregunté a la cuidadosa Katie; ella asintió con la cabeza y yo puse un dedo sobre el libro.

Querida Jane, dije para mis adentros y quién sabe cómo ni por qué inmisericordia, sentí que algo de otra parte se imponía a mi escepticismo; las cosas tienen voz aunque uno se resista a creerlo.

¿Escribimos para recordar o para ir adivinando lo desconocido? No sé. Tantos años y no sé. Tantos años y habrá quien diga que no importa. Inventar mundos es querer adivinarlos: ¿quiénes son estos?, ¿qué pensaban?, ¿qué los conmovía? Pero también tener urgencia de contarlos: ellos, ¿a quién añoran?, ¿a qué se atreven? Yo, ¿para qué escribo?

Jane Austen escribía para entretener a su familia, pero también para fijar un mundo en otros mundos. Yo no leo en voz alta, tras la cena, para aliviar el tedio de otros; ahora hay televisión, cine, música en los oídos. ¿Cómo recupero este mundo con las ansias que Austen puso en recuperar el suyo? ¿Y para qué?, si ya todo está en fotos y películas, si los míos pueden oírme por teléfono mientras las horas se acortan con los días. Lo que me sucede no necesito reinventarlo. Y eso, ¿a ustedes qué les importa? Nada, tienen razón, estamos todos muy ocupados ocupándonos. ¿El arte tiene la obligación de conmovernos? Yo creo que sí, pero ya estamos conmovidos por una realidad que todo dice a gritos. ¿Qué de lo que uno inventa no le pertenece? Es un lugar común decir que vivimos en nuestros personajes: agazapados, temerosos, audaces. Pero sí y no. Hay cosas de uno que no contará nunca. Solo las quiere consigo. Y no por díscola, sino porque no se atreve a tocarlas. Escribir es un juego de precario equilibrio entre el valor y la soberbia. También entre sus opuestos: el miedo y la humildad. A veces ninguno alcanza para contarlo todo. Ahí mismo está el secreto de la señorita Austen. Y su enseñanza: en ese equilibrio. Buen escritor es quien escribe a diario, como ella, con la letra pequeña y comedida de la hija de un pastor que creía en que sus hijas eran personas de razón. Y sensatez.

Yo de cómo escribir, de los trucos y los equívocos, del sentimiento, no sé hablar bien ni lo pretendo. Es la parte más secreta de una vida privada. Y no la entiendo. Lo único que sé con la claridad del agua es que escritor es quien escribe siempre que algo le asombra, aunque no tenga lápiz ni teclas con las que dejar constancia de su orgullo y su prejuicio. Escritor es quien explica lo inexplicable, incluso cuando tocamos la textura de sus libros —puesta en un archivo limpísimo— a doscientos años de distancia.

CON AJENOS PENSARES

Uno convive con los escritores muertos como si estuvieran vivos. Vienen a nuestra casa y se instalan a conversar de todo. Quizá no de la República, pero sí de que el volcán Popocatépetl echaba fumarolas cuando nació Sor Juana, mientras que Amado Nervo nunca lo vio sino quieto.

En el hermoso y encantado libro con que Nervo volvió a poner a Sor Juana en el ánimo de los desmemoriados mexicanos, dos siglos y medio después de su nacimiento, cita al padre Calleja, su primer biógrafo, cuando describe que ella nació cerca de «dos montes que no obstante lo diverso de sus cualidades, en estar cubierto de sucesivas nieves el uno, y manar el otro perenne fuego, no se hacen mala compañía entre sí». Después, en un pie de página, Nervo comenta cuán raro le parece que apenas dos siglos atrás el volcán estuviera en actividad constante. No sabía que un siglo después de su asombro estaríamos nosotros viendo brotar fuego y cenizas, no siempre ahí cerca pero sí todas las noches en un aparato que tal vez él, curioso y deslumbrado por las rarezas del mundo, encontraría cosa del cielo, porque da «la ilusión de una proximidad emocionante». Como la que sintió bajo el aire de Nepantla, la primera vez que ahí estuvo, «vagando entre los campos anegados de luna».

Las cosas que podía escribir Nervo en elogio de un mundo que ya no sabemos nombrar así porque le hemos ido tomando muchas fotos; no sé cómo describir la emoción que provoca el volcán alardeando de brutal frente a un mundo que lo mira temiéndole menos que a otros fuegos.

Hace apenas un siglo, Nervo escribió deslumbrado por Sor Juana y la elogió como hacía mucho tiempo no sucedía.

Hoy nos resulta normal que se hable de la monja como un ser excepcional cuya mente ayudó a formar «el alma de la Patria e hizo que se destacara poco a poco la individualidad de la misma».

¿Quién se atrevería ahora a hablar así de quienes forman la idea, el pensamiento, la individualidad de nuestro país? Conmueve leer a Nervo hablando de nuestra patria, ya nadie habla aquí de la Patria con mayúscula. Ahora es México, el México que querríamos, no el que tenemos, el México con un futuro indeciso, el México del desencanto y muchas veces del miedo. ¿Quién diría de unos jóvenes militares, de estos que mueren porque sí, lo que escribió Nervo para los Niños Héroes?

Descansa, y que tu ejemplo persevere,
que el amor al derecho siempre avive;
y que en tanto que el pueblo que te quiere
murmura en tu sepulcro: «¡Así se muere!»,
la fama cante en él: «¡Así se vive!»

Esta pasión de Nervo y Sor Juana por su país ya no se dice así.

Escribió Sor Juana elogiando un huerto de la Nueva España en que le tocó vivir:

> *Pues si las flores le aclaman,*
> *razón es que mi fineza*
> *ayude a su aclamación.*

Están los poetas sobre mi escritorio y andan aquí diciendo lo que se me ocurre al leerlos.

A propósito del volcán, hablamos del fuego. Y dijo Juana de Asuaje, como afirman que debería escribirse:

> *Que el Cielo todo en llamas encendido*
> *de improviso a la Tierra se ha venido,*
> *y es tan crespo el volumen de centellas,*
> *¡que son rasgos el Sol, Luna y Estrellas!*

Rasgo el sol, comparado con el volcán echando luces: sin duda. De qué manera viene a cuento. Sor Juana siempre viene a cuento; es cosa de llamarla. Y esto mismo creyó Nervo.

> *Todo yo soy un acto de fe,*
> *todo yo soy un fuego de amor.*

Lo recitaba mi abuela que era memoriosa y aprendió de joven toda esta poesía, lo que entonces era como aprender canciones. Yo supe de Nervo escuchándola decir:

Al reventar el alba del día que me quieras,
tendrán todos los tréboles cuatro hojas agoreras...

Nervo tiene, frente a los tres tomos que están en mi escritorio con las obras completas de la monja, una reverencia compartida conmigo. Supo que genios como ella no se dan todos los siglos y dijo con sencillez, al presentar el libro con sus reflexiones:

En este libro casi nada es propio;
con ajenos pensares pienso y vibro,
y así, por no ser mío y por acopio,
este libro es quizá mi mejor libro.

Busco en el tomo dos, el de los autos y loas, algo con que corresponda la monja. Y encuentro lo que podría ser su elegante agradecimiento:

Salgan signos de la boca
de lo que el corazón arde,
que nadie creerá el incendio
si el humo no da señales.

«Tiene razón», diría el volcán. «Siempre la tiene», digo yo.

Desde el pequeño libro blanco dedicado a honrarla, dice Nervo: «Para un cerebro tan límpido como el suyo fue posible estudiar tanto y cosas tan varias al mismo tiempo, porque el poder de su ingenio bastaba de sobra a discernirlas y diferenciarlas».

Vuelvo a Sor Juana para dar las gracias y ella responde con un guiño:

Quien vive por vivir sólo,
sin buscar más altos fines,
de lo viviente se precia,
de lo racional se exime;
y aun de la vida no goza:
pues si bien llega a advertirse,
el que vive lo que sabe, sólo sabe lo que vive.

«Madre, qué honda y acibarada elocuencia la vuestra», dice Nervo en su libro.

Creo que ella estaría contenta de encontrar en otro poeta el reconocimiento que muchos le negaron por envidia. Y podría contarnos esto que escribió para explicarla: «Y así como ninguno quiere ser menos que otro, así ninguno confiesa que otro entiende más, porque es consecuencia del ser más. Sufrirá uno y dirá que el otro es más noble que él, que es más rico, que es más hermoso; pero que es más entendido, apenas habrá quien lo confiese...»

«Habéis de ser admirable en todo. Hasta en cómo nombrar la envidia», dice Nervo.

«También usted supo de aclamación y envidias», le digo al delgadísimo Amado Nervo.

Y hojeando a la Sor le comento:

—Cuando murió lo lloraron multitudes y hubiera podido decirse de él lo que usted dijo del rey Carlos II, hemos de entender que porque así obligaba el tiempo y no porque fuera del todo verdad, sino porque además de ser preciso rimaba de manera tan hermosa que fue menester decirlo y decírselo a quien fuera:

El Agua pula cristales,
la Tierra ostente matices,
el Viento soplos aliente,
el Fuego luces avive:
¡Agua, Tierra, Viento y Fuego!
Todo a sus plantas se rinde.

Cierto. Todavía en los años cincuenta del siglo XX, los adultos lo citaban a propósito de todo. Ni se diga el «Albor de un idilio»; recuerdo, por ejemplo:

Nos amamos los dos intensamente
aunque nunca lo digan nuestros labios.
¿Para qué ir a buscar las expresiones,
si tanto nos decimos al mirarnos?

O este otro:

Quisiera ser el rayo transparente
de la luna plateada y misteriosa,
para besar tu nacarada frente
en medio de la noche silenciosa.

Aún ahora, cuando enardecen las cantinas, nunca falta el valiente que alza su copa para decir «Cobardía», su poema más célebre.

> *…Pero tuve miedo de amar con locura,*
> *de abrir mis heridas, que suelen sangrar,*
> *¡y no obstante toda mi sed de ternura,*
> *cerrando los ojos, la dejé pasar!*

«Triste, difícil y contagioso», le digo a la Sor para seguir en la tertulia, mientras busco en su segundo tomo algunos de mis versos preferidos:

> *Si arde el mar, ¿qué hará la tierra?*
> *Si el agua, ¿qué harán las flores?*
> *Si los peces, ¿qué los brutos?*
> *Si las ondas, ¿qué los montes?*
> *Si la espuma, ¿qué la hierba?*

Se vuelven divertidas las reuniones que hacen, sobre la mesa de mi estudio, los grandes escritores.

Sor Juana y Nervo pasaron hasta la medianoche hablando de sus coincidencias. Del tiempo, de la muerte, del desamor y el agua, del pasado y el miedo. De la escritura.

Nervo estaba feliz; yo, ni se diga. Sucede con los poetas lo mismo que con los acróbatas, solo el que ha intentado danzar como ellos sabe el tamaño de la dificultad que esconde la aparente textura fácil de un verso.

Dijo Nervo:

> *Por esa puerta huyó diciendo: «¡Nunca!»*
> *Por esa puerta ha de volver un día…*
> *Al cerrar esa puerta dejó trunca*
> *la hebra de oro de la esperanza mía.*
> *Por esa puerta ha de volver un día.*

—¡Bravo, maestro! ¡Viva la esperanza! —dije yo más borracha que ninguno.

> *Diuturna enfermedad de la esperanza*
> *que así entretienes mis cansados años*
> *y en el fiel de los bienes y los daños*
> *tienes en equilibrio la balanza…*

Eso escribió la Sor que tiene para todos. Nervo aplaudió y yo caí rendida con estos cuatro primeros versos de un soneto que no me conocía.

«Se acabó», dijo el tomo de Sor Juana cerrándose porque es grueso y no lo detuve, así que la «Lírica personal» se quedó muda.

Antes de irme a dormir, les dije de memoria dos líneas que me sé como si fueran una lección de siempre. A propósito del llanto y las pasiones, escribió Juana Inés hace mil años, cuando yo tenía quince:

> *Porque va borrando el alma*
> *lo que va dictando el fuego.*

LOAS Y CAOS SIN UNA BIBLIOTECA

Yo no tengo biblioteca. Tengo libros. Escondiéndose entre los cuadernos, tras la pantalla de la máquina en que escribo, por cualquier rincón. Tengo libros en el coche, en el baño, en el estudio al final del jardín. Algunos andan por el librero del lugar en que divago; otros en el cuarto de mi hija que se los ha ido llevando poco a poco. Tengo libros en el umbral que les cedo a los perros por la noche y en el pretil de la ventana frente a mis árboles. No debería decir que los tengo, sino que ahí están. Porque no los colecciono, ni cultivo el fervor de poseerlos. Los voy viendo pasar. Andan conmigo, salen de viaje y a veces vuelven como se fueron: en silencio.

Los libros son conversaciones. Por eso da tristeza que se pierdan cuando vamos a la mitad, como me sucedió una vez en un hotel italiano tras el desvelo que nos dejó el mugir de una pareja escandalosa en amores. «Esa mujer está fingiendo», dijo mi hermana y estuve de acuerdo, pero hubo que oírla hasta que se cansó. Al día siguiente teníamos tanto sueño que olvidamos a Edith Wharton y extravié el final de un cuento que no volvimos a encontrar.

Algunos libros se empeñan en perderse por la casa, incluso los que, según yo, duermen siempre en un ángulo impávido del librero, aquí arriba, se quitan de mis ojos; entonces vuelvo a comprarlos. *Ana Karenina*, *Madame Bovary*, *La cartuja de Parma*, *Orgullo y prejuicio*, *Los novios*, *Memorias de mis tiempos*, los he comprado muchas veces. Nunca los encuentro cuando los necesito: con ellos, mi biblioteca está en la librería. Con ellos y con tantos. En cambio, de repente encuentro tres Quijotes idénticos uno junto a otro, como si fueran parte de una colección.

No conozco de incunables, ni siquiera tengo un libro con más de cuarenta años. Y creo que hago muy bien: regalo las conversaciones que me gustan.

Sin embargo, algo he ido guardando. Tengo a García Márquez para exorcizar mi tendencia a oírlo mientras escribo, y para sentir que está cerca. Tengo a Neruda y a Paz, por si quieren hablarse, y para completar versos en el aire como este que ahora trasiega en el babel de mi cabeza: «Un sauce de cristal,/ un chopo de agua,/ un alto surtidor que el viento arquea,/ un árbol bien plantado…» y luego no me acuerdo qué sigue, por eso busco el libro. Si no lo encuentro, cerca está el de las preguntas con Neruda: «¿Qué haríamos sin el amarillo? ¿Con qué amasaríamos el pan?» La poesía es un consuelo venga de donde venga. Tengo también a Lope y a Quevedo; en cierto modo a Góngora porque tengo a Sor Juana que me gusta más. A Sor Juana aquí cerca, muchas veces encima del escritorio, para robarle un adjetivo o responderle con sus propias palabras: «oyendo vuestras canciones/ me he pasado a cotejar/ cuán misteriosas se esconden/ aquellas ciertas verdades/ debajo de estas ficciones»; ocurrencias así hasta en los autos y loas, donde uno diría que no se entiende mucho de nada, pero donde todo suena a todo y cada todo es excepcional. Gran lugar común que un tiempo no lo fue y ahora no mucho se frecuenta: la querida monja. Yo con ella sí puedo decir que he estado desde siempre, porque a los catorce años me sedujo con las contradicciones que en su ánimo provocaban Feliciano y Lisardo, Fabio y Silvio. Recuerdo lo que fue leerla por primera vez, en un libro de literatura para segundo de secundaria; me acuerdo hasta del tono que había en la luz de esa mañana en el colegio. Siempre fui como de otro siglo para eso de contar los amores, aunque no me hubiera gustado vivir en sus tiempos. ¿A quién? Del pasado los libros y los sueños, a mí que me dejen el presente para tirarlo a diario por la ventana de los diarios, para curarme con aspirinas los daños y los riesgos, para venerar a la Sor sin vivir en su convento.

Tengo a Sabines porque me gusta abrir el libro y ver su letra en dos recados, uno cinco años después del otro, en el mismo libro que compré para no usarlo. Tuve alguna de las primeras ediciones, un libro lila, tan subrayado de amarillo que cuando quise una dedicatoria compré el nuevo para que ahí me la pusiera, y ahora trajino en ese como a él le hubiera gustado. Adivinar qué sería de un azul que fue mi segunda copia. Creo que se lo regalé a un alma en pena.

También subrayado de amarillo tengo *Rayuela*, ahora junto al portal, viendo a los rosales; empastado porque se deshojó. Y tengo el de Alfaguara casi nuevo. Sin marcas, porque la edad me ha quitado la sinvergüenza manía de imprimir una huella donde no la hubo. El rojo que fue negro está intocable: si lo abro de más, se desbarata.

Casi no tengo libros dedicados. Me da pena pedir la firma; ¿o soberbia? O tontería.

Tengo a Borges dentro de un libro verde que compré en Argentina hace treinta y cinco años. Lo tengo expropiado porque Héctor se lo llevó a su estudio, como también se llevó los cuatro libros blancos que vinieron a ser las nuevas obras completas. Aquí cerca me quedaron algunos de los muy delgados, para que yo me encuentre ahora pensando en bibliotecas, su voz irreprochable hablando de sus libros y su noche; de la ironía de Dios, de la «magnífica ironía». Borges adjetivaba como nadie, hizo para sí algunos adjetivos, ya lo dijo el peripatético camaleón, nadie más podrá usarlos sin copiarlo. «Atareado rumor», inventó y nadie se atreverá a darle una tarea al rumor después de semejante alianza. De todos modos, ¿quién no se contagia? Si hablamos como nuestros hermanos, nuestros amigos y nuestros hijos, de dónde no contagiarse de estos a quienes leemos para oírlos, estos con los que conversamos a la vez los libros y la noche; el día y la víspera.

El 14 de junio pasado, un martes, se cumplieron veinticinco años del momento en que Borges se fue a dormir en Ginebra. Sentí la pena, pero tenía yo entonces la alegría del tango. Y *Ficciones* con todo y «La biblioteca de Babel». El universo en una biblioteca, y cuanta biblioteca sea posible en el universo de Borges. Del descreído Borges: más vivo que nunca entre los libreros y los lectores, sin duda como una marca de agua entre los escritores, vivo en su descreencia y su jardín.

Si el universo cabe en una biblioteca, ¿por qué no la biblioteca en el universo? ¿Quién necesita una biblioteca si el universo es una biblioteca?

Tengo amigos pensando qué hacer con las colecciones de sus padres. No dejaré en mis hijos tal herencia. Tres cambios de casa han sido tres incendios: en uno tiré las cartas a mano de personas excepcionales. Eso sí fue una tontería mayor; me pesó el desorden y en desorden tiré. ¿Qué remedio? No tengo biblioteca, ni mil cajones en los que guarecer recuerdos. No encuentro la pluma fuente de mi padre; si no la hubiera guardado, no sentiría la pena de no hallarla. Desde que tiré los claveles de una tarde, dejé en alguna parte la manía de atesorar. Tanto, de lo que adoramos tanto, nos deja porque sí, se va a nuestro pesar, nos abandona, que ir dejando los libros a merced de sí mismos es mejor que guardarlos.

Yo no tengo biblioteca, tengo un caos y el deseo de una tarde viendo el mar con un libro entre manos. Tengo también, sin duda, un río de palabras entre mis muros.

HEREDARÉ LA LLUVIA

Escribí en julio de 2008: *Es verano y llueve en México. En este valle sobre el que imperan dos volcanes, en estos llanos, bajo estas nubes. Es verano y mi madre está muriendo desde el otro verano.*

Aquí llueve en julio y agosto. Sobre todo en las tardes. Casi siempre amanece el cielo claro, luego se pone gris y tiembla con relámpagos anunciando tormentas que se cumplen y nos inundan. La enorme ciudad se llena de pantanos y de las alcantarillas brotan manantiales negros.

Suceden cosas así desde el tiempo en que imperaban los dioses de los aztecas. La ciudad estaba hecha de lagos y ríos que en verano crecían sobre las casas y los templos, por eso muchos eran flotantes. Dice Bernal Díaz del Castillo, el primer cronista en castellano que conoció esta tierra, que cuando los conquistadores españoles la vieron, desde la breve y alta planicie que une los volcanes, la encontraron deslumbrante. Luego ese lugar se llamó el Paso de Cortés, como un regalo al desaforado que fue don Hernán, el primero entre los insondables conquistadores.

Aquí, semejante personaje no goza de la reverencia patria porque buena parte de los mexicanos, a partir de la guerra de Independencia, en el siglo XIX, prefieren sentirse hijos exclusivos de los primeros habitantes del valle. Algún día se dirá que hubo quienes creyeron que su mestizaje venía de la pura mezcla entre olmecas, aztecas y tlaxcaltecas. Se dirá entonces que no tenían razón; y habrá, como ahora, razón para decirlo.

El caso es que se piense lo que se piense, los españoles encontraron la ciudad deslumbrante.

No sé si era verano cuando la vieron esa primera vez, pero se sabe que estaba igual de confusa que hoy, que los aztecas crearon canales y le hicieron a Tláloc todo tipo de ofrendas, pero entonces, como siempre, su ciudad, esta ciudad, se inundaba. Durante el virreinato las cosas empeoraron, entre otros motivos porque a los españoles no se les ocurrió mejor idea que secar el lago acostumbrado a serlo, que volvía a su lecho entre las calles y los palacios todavía haciendo una trama alrededor de la catedral. Y ni Cristo crucificado ni la Virgen de los Remedios se apiadaron jamás de quienes llegaron a pasar años bajo la terquedad del agua.

Quién sabe cuántos siglos de inundaciones ha contado la especie humana en estos rumbos; sin embargo, sus actuales representantes en el valle volvemos a sorprendernos cada verano y los noticiarios cuentan como novedad que no se puede andar por la calzada Iztapalapa, que flotan autos en la calle que fue el río Churubusco, o en Barranca del Muerto, Río Mixcoac, la Ribera de San Cosme y Río Piedad.

Tropezarse con la misma piedra es propio de los mexicanos como de cualesquiera otros, así que las generaciones del

228

siglo XX decidieron entubar, sellar y pavimentar los ríos y las barrancas cuyas aguas habían ido ensuciándose, de modo que las inundaciones siguen ilustrando las noticias en este siglo. Un día se nos cuenta que el granizo entró a las casas y subió por las coladeras hasta los baños. Otro, que la gente anda por las banquetas, con el agua hasta las rodillas, buscando los zapatos y las cacerolas, una televisión y un radio que la lluvia en torrentes sacó del primer piso de algunos edificios.

Sobre nosotros, desde la altura de su grandeza, los dos volcanes amanecen arrogantes y llenos de nieve. Muy pocas veces pueden verse desde aquí, ni en el verano ni en algún otro tiempo, porque el horizonte se angostó hace cuarenta años; nada, comparado con la edad de las montañas que nos rodean; media vida si comparamos con la nuestra. El volcán al que se llama Iztaccíhuatl, que quiere decir «mujer dormida», brotó hace once millones de años y está recostado bajo la figura de su tardío amante, el volcán Popocatépetl, «guerrero humeante», que llegó a buscarla hace solo cuatro millones de años y que dada su juventud aún retoba de cuando en cuando lanzando fumarolas que multiplican su tamaño: crecen por seis o por diez los cinco mil metros de altura sobre el nivel del mar que esta montaña infinita deja caer frente a nosotros en las mañanas. No conozco un horizonte más bello que este del verano bajo los volcanes, ni uno que pueda volverse más espantoso.

Ahora es verano otra vez y desde el otro verano mi madre amenaza con morir y sigue viva. Incluso para pasmo de los volcanes, sigue viva. Así que paso varios días a la semana del otro lado del valle, en Puebla, bajo la misma lluvia.

Salgo de la ciudad de México por un rumbo que es más feo que ningún otro. Y los volcanes aparecen a lo lejos: uno los ve rodeados de casas pestilentes, al fondo de un basurero, en el infinito que se adivina al principiar la carretera. Salgo por un camino hostil, entre camiones que cargan mercancías y camiones que llevan personas hasta destinos indescifrables. ¿Adónde va toda esa gente que dormita su cansancio en medio del ruido, el polvo negro y el olor a podrido que se adueña del aire? No se sabe con certidumbre, pero se adivina que van o vienen de las casas que flotan entre los charcos, una tras otra hasta que se pierde la vista. Al final están los volcanes. Impávidos.

Por lo que se ve, los mexicanos no somos un pueblo contemplativo. Destruimos casi con avaricia: con todo, la naturaleza aún se defiende. Al otro lado, desde la ciudad en que crecí mirándolos, aún hay sitios, pocos, en los que el aire es transparente y ellos reinan atrás como el único destino de cualquier mirada. Allá, mi hermana y mi madre rescataron y cuidan una laguna que amenazaba con desaparecer en el lodo. Desde ahí es imposible huir de su poder, no verlos, no sentirse avasallado por su alcurnia, no pensar que es bello el mundo que los resguarda, aunque haya quien se empeñe en devastarlo. Allí en Puebla sobran los que no han hecho sino destruir lo que pasa por su autoritaria ceguera. Y odian a quienes gozan y resguardan la tierra que ellos solo saben ver como algo que se vende o se regala a cambio de un negocio.

Es verano y una tristeza sucia me tiene tomada la frente; a ratos toda yo me inundo como el valle. Voy a Puebla en busca de mi madre que agoniza. Subo la cuesta que lleva a los volcanes y cerca de sus cimas no hay sino paz y armonía. Hasta la ciudad, que hace media hora bostezaba mugrosa, se ve inocente y acogedora, brilla el agua encharcada y se alumbra como si abajo hubiera plata.

De todos modos, pienso, estoy rodeada de belleza más que de horror. Heredaré más alegría que espanto, más avidez que miedo. Al fondo estarán siempre los volcanes. Y siempre, en el verano, altiva como si fuera novedad: la lluvia.

INVENTAR LOS RITOS

Los viejos no deberían morirse, deberían esperarnos. Pero como contra eso no se puede, lo que sí deberíamos aprender los que nos quedamos mientras nos quedemos, es a mejorar los ritos. Lo digo pensando en los agnósticos, los religiosos tienen bien montado el asunto, pero los agnósticos no tenemos bien puesta la ceremonia de la despedida. Acabamos el día con las cenizas o el entierro entre las manos y sin nada más que hacer o que decirnos.

Las religiones, casi todas, le dan tiempo y ceremonia al duelo. Nosotros, ilusos, creemos que se puede cerrar el círculo en dos días. Y no es así, pero no sabemos cómo podría ser. Si uno se ha quedado sin misa, sin rosario, sin jaculatorias, tendría que inventarse otro tipo de acciones para alargar la despedida. Compartir la tristeza siempre ayuda, y cada vez lo hacemos menos. Me gusta eso que hacen los judíos, que se reúnen en la casa durante nueve días y ahí los visitan los amigos y están todo el día contando sus cuentos y hablando de su pérdida. En cierto modo los católicos heredaron la costumbre y tras las nueve misas o nueve rosarios, se reúnen a tomar café o a cenar. Los agnósticos, si no tenemos misas, tengamos cenas: nueve seguidas. O nueve días de música, o de llanto. Pero formalmente organizados.

Voy a ponerme a pensar en cómo llenaré el tiempo de mis hijos, qué ocupaciones les daré que en algo tengan que ver conmigo para que, poco a poco, se vayan acomodando la pena. Ya les he dicho que lleven mis cenizas a la tierra frente a los volcanes, pero que guarden una parte para echarla en el mar de Cozumel. Y que escuchen el *Réquiem* de Mozart y el de Verdi, acompañados por quienes ellos quieran y me quieran. Que se den nueve días de vacaciones. Que vayan a Venecia. Que no sigan corriendo como si algo se les escapara, para disimular lo otro que se les escapó. Siempre pensé que se debería dejar que los hijos hicieran con uno lo que mejor les diera en gana, pero ahora creo que si uno se hace cargo de darles encomiendas, por un tiempo les entretiene la pena. Y los ayuda a penar en compañía.

NUBES DE OTRA TARDE

A mi madre le hablaba al terminar el día, así que cuando llega la noche me entra urgencia de oírla. Entre los setenta y los ochenta y tres, una paz de otro cielo le tuvo tomada la sonrisa y era una gloria hablar con ella, que estaba siempre alerta y siempre en sosiego. Rara mezcla: la extraño.

¿Adónde van los pájaros cuando graniza?, me pregunté una tarde al oír que la lluvia se convertía en tormenta y un ruido de cristales azotados amenazaba con tirar la casa. En el horizonte había relámpagos sin tregua y todo era sentir la mano del azar sobre este mundo. Se fue la luz. Ya lo dije: aquí se va la luz cuando hay tormenta. Sonó mi teléfono móvil. Era mi hija Cati, en cuya luz confío como otros en la Divina Providencia.

—¿Dónde estás? —le pregunté porque me quedé creyendo que andaba por aquí, y oyéndola por teléfono la imaginé en otro lado.

—En el cuarto de Mateo —respondió.

—Yo estoy en mi estudio —le contesté con la tranquilidad de saberla cerca.

—Voy para allá —dijo y oí sus pasos subiendo la escalera mientras aún hablaba conmigo de celular a celular.

Nos sentamos a ver el paraíso. Seguían los relámpagos y tras la niebla se habían perdido los helicópteros que pasaron frente a mi ventana mientras conversaba largo con mi amiga Elena de la Concha. Elena, mi amiga a la que ahora recuerdo subida a un fresno, haciendo el juego del hada que se le aparece a una niña cuyo papel me tocó representar una tarde en su jardín.

Unas gotas inmensas se hicieron piedras de hielo. Aguerridas, bárbaras piedras contra la ventana, sobre la madera de la terraza, las ramas de mi araucaria, el fresno, el liquidámbar, las flores.

Nombramos al azar y a la naturaleza haciendo de las suyas como parte del indescifrable paso del mundo sobre nuestro ánimo. La lluvia haciendo de las suyas como a veces la vida, sin que nadie pueda ponerle más obstáculo que el de contemplarla.

Ayer se inundó la casa. Y hoy está todo en paz como si aquí anduviera mi madre, la abuela que quiso darle a Cati un argumento con su sosiego.

Día de asueto

Aún estaba a medio vestir cuando algo se me cayó de las manos. Me agaché a levantarlo y di de lleno con el desdén y la memoria de mi pie izquierdo: ahí estaba, no puedo decir que de repente pero sí con más contundencia que nunca: el pie de mi abuela materna. Idéntico. Espantoso. En ella conmovía porque estaba de acuerdo con ser vieja y porque nunca le importó; tenía una cara preciosa y lo demás le venía sobrando. Pero en mí es una vergüenza por varias razones. La primera, primerita: porque tiene remedio. Ahora se operan los juanetes. Hay quienes dicen que duele mucho y quienes dicen que no duele nada; todo el mundo está de acuerdo en que algo de tiempo sí se pierde, pero dado el que he perdido en mirar y lamentar la fealdad de mi pie, ya me hubiera hecho dos operaciones. Mi hermana Verónica y mi amiga Adriana, dos mujeres que piensan y hacen al mismo tiempo, que no postergan y a las que nunca podría acusarse de ociosas, se operaron los pies cinco años antes de medio acercarse a lo chueco del mío. Y yo aquí estoy: lamentándome y prometiendo.

Así empecé hoy a sentirme un vejestorio, pero di con otras oportunidades. No había postre para la comida ni comida para los perros, de modo que fui al súper. ¡Qué lugar horrible es ese súper de la colonia Condesa! Lo frecuenté mucho en la infancia de mis hijos que, por razones varias, fue mi más cabal juventud, y según mi memoria no era tan feo entonces. Este al que fui hoy está en decadencia. No sé por qué, dado el auge de la que fue mi querida y hoy es mi pretenciosa colonia Condesa. Y he aquí el recuento de las tonterías que hice, como prueba de que no es solo asunto de operarse el juanete. Verán ustedes: el bote con el helado estaba demasiado alto, cosa muy ardua dado que yo quedo muy abajo, así que al tratar de alcanzarlo me lo tiré contra el pómulo. Me dolió dos veces: una porque me dolió y otra porque me asusté.

—¿Señora, me dejaría usted pasar? —preguntó una mujer que no solo no tuvo piedad sino que se llamó a agravio con mi tardanza.

—Claro que la dejo a usted pasar —dije abriéndole una sonrisa y el camino a una dama con gafas y muchos años más que los míos.

Se puede estar bastante peor, pensé. Luego compré moras para completar el postre y solo hasta que estábamos comiéndolas en el jardín sentí que había valido la pena el viaje. Ya que estoy de vuelta y aquí entre nos: ¡qué mal manejo! Creo que deberían quitarme la licencia. Antes que el juanete: la licencia.

Para medio mundo los lunes suelen ser días difíciles, pero hay quien odia los domingos. Hay quien en domingo se aburre o se entristece. Yo no entiendo ese síntoma, pero sé que existe y he oído quejarse a quienes lo padecen. Nunca he sabido cómo consolarlos. Lo mismo que cualquiera, he ido teniendo vidas, épocas de vida, muy distantes y distintas entre sí, y siempre me gustaron los domingos. Hay en ellos una suerte de nostalgia por el viernes en la noche, pero todo lo demás es luminoso y redondo en la pura idea. Creo que a mis padres les gustaba el domingo y nos contagiaron su afición: mi madre nada más de verlo empezaba a prever campo y excursiones, lo que le tomaba el aire desde temprano; mi padre escribía, en la mañana, su columna sobre automovilismo, esa pasión compartida y custodiada por mis hermanos, y aparecía los lunes en un diario llamado *El Sol de Puebla*, que aunque no me lo crean así se llamaba y se sigue llamando. Le pagaban cien pesos por su escrito. Un dólar costaba doce pesos cincuenta: menos de diez dólares. No lo hacía por dinero aunque mal no le cayera ese ingreso a la familia. Para darnos una idea, nuestro regalo de cumpleaños podía ser una fiesta o cien pesos, de donde a mi padre le pagaban por su columna el equivalente de un pastel, pero gozaba haciéndola. Tengo en la memoria la placidez, como un contagio, saliendo del sonido que hacían las teclas de su máquina. Mientras él escribía, nosotros vagábamos en torno a mi madre, que cocinaba fantasías. Ha ido cambiando el mundo, ahora vienen los otros y yo soy la mamá o la abuelita, la hermana o la comadre en quien se deja canto y compañía. Así que para mí la pasión por el domingo está intacta y aún me gusta pasar por ella como por un bautizo de serenidad.

«Se vende»

Ayer lo vi. El anuncio de «se vende» sobre la puerta de una casa pequeña en una esquina por mis rumbos. De alguna parte me ha de venir la curiosidad por los bienes raíces: ya tengo casa, no planeo comprarme una, pero cuando encuentro un aviso puesto sobre alguna pared cercana, llamo por no dejar. No lo haría si tuviera que volver a mi estudio para comunicarme, pero se puede por el teléfono móvil. Así que mientras manejaba mi cónyuge, en calidad de santo porque lo hice dar la vuelta para leer el número, marqué para saber cuánto costaba. Ciento veinte metros, tres millones y medio de pesos; como trescientos mil dólares, para que me entiendan todos. Cara, dicen. No me lo pareció. ¡Una casa!

La calle es un paso inevitable para salir de mi barrio, así que hoy cruzamos por enfrente, como a las tres y media de la tarde. Volví la cabeza para mirarla otra vez. La debieron construir en los años treinta del siglo pasado, o en los cincuenta; casi da igual, fue hace mucho tiempo. Ahí seguía el letrero. Y bajo él vi a una joven con la melena oscura y larga, vestida de blanco, moviendo las manos mientras hablaba yendo de un lado a otro.

«No es que pueda uno meterse a vivirla en este momento, se ve muy descuidada, pero arreglándola un poco…», imaginé que iba diciendo subida en sus sandalias, derechita la espalda, pequeña la cintura, moviéndose como si bailara. Toda ella era un entusiasmo: sus brazos señalando la puerta, una ventana, el segundo piso. Su gesto con la sonrisa de quien mientras habla imagina. Atrás de todo ese júbilo estaba, quieto, su marido; no parecía su novio porque se negaba a mentir y no discutía. Miraba al suelo, como fastidiado con el ánimo de fiesta que cabía en su mujer.

«¡Míralos! Héctor, la están viendo. A lo mejor la compran —dije como si al pobre de mi cónyuge tuviera que encantarle la escena tanto como a mí—. Mira al muchacho. A él no le gusta; fíjate cómo ve al suelo. Se quiere ir, quiere un departamento, seguro quiere un departamento. Mírala a ella. Le fascina, ella la quiere.»

El tráfico se movió un poco y nosotros también. La muchacha seguía bailando mientras el chico no levantaba los ojos, como si anduviera con un disgusto seco de solo estar ahí, parado en una esquina perdida en domingo, con el calor que hacía y su mujer delirando.

«¿Qué te pasa? ¿Por qué te emocionas así?», preguntó el pobre piloto de mi nave, con toda la razón.

No lloré; solo sentí los ojos como si me acabara de echar gotas. El semáforo marcó verde y nos fuimos. Ya no supe, ya no sabré nunca en qué quedó la cosa. *Así era yo*, pensé. Y a esa edad nunca tuve una casa propia, no es la más mínima desgracia, viví años rentando una y otra. Pero me gustaba mirarlas:

tocar la puerta, saber cuánto costaban. Y hacer planes mientras movía las manos, señalando sueños. *Un día será*, pensaba, como ahora pienso que otro día habrá que vender esta que compré hecha una ruina hace veinte años, que hice y rehíce varias veces; este pedazo de alma bajo el cielo que un día habrá que perder con todo y escaleras. Y todo tan rápido.

Las grandes cosas pequeñas

Pasé dos noches en casa de mi madre en Puebla. El domingo volví con Héctor, que me acompañó gracias al dios de los enlaces afortunados, cruzando las flores amarillas y violetas que iluminan la carretera entre México y Puebla durante el mes de octubre. Pensaba en el viernes: ese día tuve la segunda reunión con mis hermanos. Estamos distribuyendo las tablas que nos hacen más llevadera esta suerte de naufragio sin réplicas que es quedar huérfano y ser un adulto a punto de empezar a ser viejo.

La primera reunión fue un jueves hace dos semanas. Tras esa, desperté en casa de mi madre, cercada y sin embargo contenta, como si el sueño me hubiera dejado lista para asimilar el día anterior y enfrentar el viernes, prediciblemente triste, con la alegría de estar viva. Salí al jardín, llevé a pasear al perro que se ha puesto gordísimo, fui a clase de yoga con mi hermana Verónica, luego a comer con Mateo, mi hijo, después a organizar los resultados del extraño día anterior.

Por primera vez tras la muerte de mi mamá, nos reunimos los hermanos. Sabía que no tendríamos ninguna diferencia grande, aunque de todos modos tenía susto de solo imaginarlas. Pero la conversación y las reparticiones se deslizaron ayudadas por una suerte de ángel que anduvo todo el tiempo en el aire. No es nuestra costumbre discutir, pero le tenía terror al más mínimo desacuerdo por nimiedades. Ni eso. Al terminar la primera rifa, en la noche, nos pusimos a cantar: «…uno se cree/ que las mató el tiempo y la ausencia…»

Habíamos empezado por las pequeñas cosas. Daniel quiso el molinito de madera para el café, Carlos un mosaico que reza en italiano «El jefe de la casa soy yo, pero lo que dice mi mujer es ley», Sergio un caballito de bronce, Verónica una polvera de mi abuela y yo una jarrita en la que servían la leche para el café de mi abuelo cuando éramos chicos.

Total, una pandilla de sentimentales.

A las cosas importantes, veinte numeramos, las dejamos para después. El piano, el escritorio de mi papá, el de mi mamá, el librerito del bisabuelo, el enorme tibor de talavera, la mamá con dos niñas en terracota —que debe costar poco, pero vale toda la infancia—, el reloj de péndulo, tres cuadros, la mesa de centro de la sala, la recámara de mis papás y cosas así: les pusimos puntos, de cinco a uno; luego dividiríamos el grupo de los que sacaron veinticinco, y de ahí hacia abajo. Antes habíamos dado vueltas por el jardín pensando dónde poner las cenizas, bajo qué árbol. Creo que acordamos uno, pero a mí ese lugar me está pareciendo muy lejos y medio sombrío. Ya veremos, pensé entonces. Lo divertido es que la puntuación colocó en el mismo lugar al piano que a una sumadora viejísima, porque era de mi papá y nos da cariño. Le tocó a Daniel.

Daniel y los ladrones

A mi calle volvieron los ladrones. Como vuelve el espanto cuando vuelve.

Daniel, mi hermano, además de ser el genio de la familia, es un hombre bondadoso como pocos. Así que por eso me atreví a pedirle que me hiciera una tarea a la que me comprometió mi absoluta incapacidad para decir que no. Para hacerse de algún dinero, cosa en la que está todo el que tiene algo y quiere dar algo, la creadora de una fundación para beneficio de los niños enfermos inventó una subasta. ¿De qué? De unas cajitas decoradas, pintadas, «intervenidas» por sus amigas. Yo resulté muy torpe para las artes manuales, pero casi siempre fui humilde y lo reconocí. Sin embargo, van como tres ocasiones en que acepto hacer lo que no sé para que lo subaste una buena persona en aras de hacer algo bueno por otra persona. Dos de las tres veces, mi hermana me ayudó a salir adelante y quedar muy bien parada firmando unos volcanes que ella pintó; atrevida y altanera de mí. De tan gratas experiencias obtuve la desfachatez para seguir de frente aceptando propuestas indecorosas. Nos fue muy bien en las subastas. Olvidadiza y medio malherida como anduve, esta vez se me durmió el gallo y dos días antes de la fecha en que debía entregarse la cajita, me encontré con ella y el vacío. Iba a dedicarme al cortado y pegado de alguna portada cuando se me dijo el precio inicial de las cajas en la subasta. Fue entonces cuando, presa del pánico por el deber incumplido, le pedí auxilio a Daniel. Tiene muchísimo trabajo, pero me prometió hacerse un hueco y dedicar un rato a pensarle al asunto. Yo aproveché su debilidad y le mandé la caja con Pilar su mujer, otra virtuosa laboral, cuando ella vino a dejarme dos perfectos pasteles salidos de su horno y su empresa. Eso fue el viernes. El domingo al anochecer se presentaron los dos con su estirpe generosa y... ¡la cajita! Daniel hizo una obra de arte que nadie podrá nunca creer hecha por mí. Es un dibujante prodigioso y ni por un momento quiso aventar dos pinceladas y atribuírmelas, cosa que debió hacer sin más, sino que simuló una caja sobre la caja y en acuarela hizo la catedral de Puebla y un golpe de sus calles coloniales. Rarísima. Y hermosa. Le pedí que la firmara, porque eso la haría más valiosa, y dentro puse algo de lírica y mi firma. Estábamos en la celebración de semejante fortuna, yo en los agradecimientos y él en los «de nadas», cuando en la calle empezó a sonar el claxon con la alarma de su coche. «¿Será el nuestro?», preguntó Pilar. «Ve a ver», dije yo, que hasta anoche había recuperado la tranquilidad respecto del barrio en que vivo. Daniel dio veinte pasos, cruzó el patio, salió a la puerta y ahí estaba su coche, un nuevo modelo de la VW de apenas tres semanas rodando sobre el pavimento, con el vidrio de la ventanilla estrellado y nadie alrededor. No pasaron ni treinta segundos entre que chilló su alarma y él llegó al auto. ¿Dónde se metió el ladrón? ¿Quién sabe, quién podría saber? Nadie sabe, nadie puede saber. Llovía; y de qué modo y de un momento a otro. Acumulé una furia triste. Ellos intentaron subirse al coche y volver a su casa. Yo quería que dieran la vuelta y lo dejaran en mi garaje, pero algo de héroes hay en ellos porque me pidieron unas toallas, las echaron sobre los trozos de vidrio que habían caído en el asiento del conductor y partieron rumbo al sur con una sonrisa; juro que con un talento y un talante que son de dar lágrimas.

Los dejé ir y subí las escaleras con el medio tono de mis pies balbuceantes y esta aceptación de lo irremediable —con la que vivimos— un poco más a flor de piel.

Han vuelto los ladrones a mi calle. Ya lo sabía, pensé. El sábado vi pintadas o grafitis en las paredes de una casa cercana. «No han de tardar los ladrones», le dije al taxista que me llevaba al doctor, como para exorcizar las cosas diciéndolas. Al parecer las convoqué, pero no voy a permitirme la queja.

De los veinte años que llevamos viviendo en esta calle, diez habían sido peligrosos. Frente a nuestra puerta se robaron seis coches: tres nuestros y tres de amigos, pero los últimos diez años no había pasado nada por el estilo, así que aflojamos la disciplina de estacionar todo auto dentro de la casa, y hemos sido capaces de acompañar a la gente a la calle y todavía conversar un rato en la puerta. No he podado las ramas de los árboles que se acercan a mi azotea y no había vuelto a pensar en riesgo alguno. Estoy apenada en el sentido castellano y en el mexicano, en el que quiere decir con pena y en el que significa con vergüenza. Me propuse hace muchos años no temerle a esta ciudad. Me propuse vivirla sin resquemor. Por eso no me asustó la adolescencia de mis hijos y aprendí a dormir sin esperar en vela su regreso de madrugada; por eso y porque soy una irresponsable.

Me entristece que la realidad contradiga mi optimismo contumaz. Aunque deteste aceptarlo, esta ciudad es peligrosa y lo menos, muy menos que le puede pasar a un ser querido, es que le rompan el vidrio del auto y le roben el radio en la puerta de nuestra casa. Creo que Pilar y Daniel tienen esto mejor aceptado que yo. Lo que no sé si sepan es cuánto agradezco el ejemplo y la ligereza de su espíritu. Si esto es una guerra moral, vamos ganándola con gente como ellos. No van a robarnos el alma.

Los perros tienen alma

Tenía las patas cortas. No era bonita. Tampoco parecía simpática, pero fue todo un personaje y, ahora mismo, me cuesta respirar cuando la pienso. Daba alegrías que ni ella misma supo. Fue hasta hace tres años la perra de una mujer valiente y, desde entonces heredada, la mía, al principio con renuencia. Le arreglamos el pelo, le crecieron las puntas de las orejas, descubrimos lo simpática que era: cuando olía acercarse un pan con mantequilla se puede decir que sonreía. Tenía los ojos dulces y miraba como si siempre le hiciera falta algo. Movía la cola al verme regresar, y puso en mí hasta la última gota de sus últimos días. No importaba qué escalera me diera por subir, ahí venía ella. Hacía rato que le sobraban tumores y le faltaban fuerzas, que la espantaba cualquier ruido y tenía miedo; ahora pienso que razones no le faltaron. Amaneció muy enferma. Cuando llegó el veterinario, que es un santo, la revisó y me dijo: «El pronóstico va de reservado a muy malo». Puse cara de que estaba lista para oír esto del «por su bien» y «para que no sufra». Pobrecita. Para esas horas ya le habían pasado varias de las malignas sorpresas que caen sobre los moribundos de cualquier índole. Perros, leones y gente saben cuándo van a morirse, porque lo sienten. Lo saben como uno, que de verlos querría pedir los santos óleos y creer en maravillas como los auxilios espirituales. No había querido comer. Y oyó esto de que mejor sería dormirla, mientras se dejaba acariciar con todo el tiempo del mundo; no con mi prisa habitual, sino despacio. El doctor sacó la inyección de anestesia que se pone antes del veneno y le vi cara de enemigo a ese hombre piadoso. Dije que, como la perra fue de nuestra madre, tendría que avisarles a mis hermanos antes de decidir y que volvería en un momento; los dejé en el jardín y en cuanto entré a la casa me hice de unos aullidos que no había dado en años. Subí a mi estudio y pegué la cara al vidrio de la ventana. Ya no puedo con otra muerte, se me enciman, se parecen, las odio. Llamé a Cati, a Mateo, al pobre de Héctor, a mi hermana que nunca está, a mis hermanos, a mis sobrinas, ¿a quién más le podía dar razón de la sinrazón que es disponer de la vida ajena para evitarle una pena? Volví con el doctor y le dije que no podía yo, que necesitaba tiempo, que si otro día, que si más tarde, como si fuera posible esperar. El santo hombre, que había interrumpido su mañana de consultas para venir a vernos, se fue con la promesa no pedida de llamar cada tres horas. No fueron necesarias: le llamé antes de las primeras dos. Ni para qué, ni derecho que tuviera de contarles el cómo y lo demás. Ni consuelo que diera oír esto de los muchos años que tenía y los mil pesares que le ahorramos. A ella le gustaba andar por aquí, husmeando en los rincones y dormitando a ratos, con una oreja despierta por si yo cambiaba de lugar. La había vuelto elegante sin que a ella le importara un carajo, la peinaban con dos moños y el pelo esponjado para que pareciera nube. Y parecía. Pero ayer amaneció manchada y dando vueltas sobre sí hasta caerse de buenas a primeras. Exhausta. Dejándose cargar y mirándome; de qué modo miraba con sus ojos de canica opacándose. Ya también veía mal. Y caminaba como de puntas, como si necesitara un quinto bastón. Un desastre, lo sé, pero eso no me quita ni la culpa ni el agujero. Se tropezaba con la pared y a veces parecía más borracha de lo que yo parezco ahora. Nos oyó decidir y desdecidir. No digo más, me prometí no seguir turbando a nadie con esta pena a tientas que muy pocos entienden. Nosotros la acariciamos todo el tiempo, viendo cómo la vida estaba y dejó de estar; a esa presencia que se pierde la llaman alma. Yo creo que hasta ahí llega, pero hay quien piensa, y cuánto los envidio, que se va a otra parte. «Adiós, chiquita, nos vemos al otro lado del puente», dijo el doctor antes de despedirse explicando que por esto no cobra. Quizá tiene razón, no hay un precio que pague su decisión abrazando la nuestra.

No puedo. No he podido sacar del cuarto de mi madre el olor a vejez. Ya sacamos los muebles, la ropa del ropero, las persianas; ya no quedan ahí sino piso y paredes, techo y aire. Pensé que sería el aire. Pero están siempre abiertas las ventanas, entra el jardín y da sus vueltas dentro, entra luego la noche y las estrellas, entran las nietas, sus amigos, los perros, y sigue oliendo a viejo. Si ella lo supiera vuelve a morirse. Nunca olió a vieja. Siempre odió la vejez, nunca lo dijo. Quizá por eso fue que el olor entró tarde a su recámara, hasta el final, cuando ya ni su voz ni sus pestañas ni el eco de sus sueños pudieron defenderla de ser vieja, la vieja que pudiera oler a vieja. Antes murió que saberlo, y su cuarto no olía entonces como ahora. Ha sido con los días, durante la quietud que dejamos ahí algunas semanas: nada, después de todo, pero tanto que se ha pegado la vejez a todo aunque ya casi quede nada. Al menos eso dicen mis narices. No las de mi hermana: ella siempre huele a futuro. Y a litigio; quien litiga nunca huele a pasado. Bendita sea. En cambio yo, empeñada en no moverme a la carrera de los días, estoy presa de este olor que sí huelo, que también huele doña Juana, la cocinera. Ella, que se ve siempre igual —seguro hace veinte años ya era idéntica— porque se volvió así desde que dejó a su marido. Pero yo no he dejado al mío, ni él a mí; bendito sea. No sé por qué: tantos maridos se van ahora con mujeres mil años más jóvenes, con cabezas que aún no lloran a sus padres y no temen la falda corta. Ni la desnudez. Eso comparten las jóvenes mujeres con sus hombres viejos. A ellos tampoco les importa desnudarse; se ponen bajo el sol de una mirada mucho más joven y supongo que hasta huelen distinto. ¿Y qué diría mi madre? ¿No les da miedo oler a viejo? Será el hábito. No ha sido un uso común que las mujeres anden con hombres mucho más jóvenes que ellas. Los hombres chicos están para ser hijos, no maridos; así ha sido mil veces. Dormir desnudas con un joven —o no dormir, si es el caso—, a muchas mujeres les cuesta incluso imaginarlo, al menos a la mayoría de las que conozco, y ni se diga a mí. Debo ser yo, soy yo la que ha puesto el olor por todas partes: mi cabeza, mi miedo, mi sentir este agujero por el cuerpo. Deben ser mis ojeras, mi delirio, mi empeño en no morirme de repente; un empeño tan de mi madre. Nadie creyó nunca la edad que tenía. Caminaba tanto y con tal orden comía, tan largo supo dormir mientras dependió de ella, que lo previsible era su eternidad. No como su hermana Maicha, que contra toda orden médica ha vivido de un desorden al otro, y para pasmo de todos sigue viva. Bendita sea. En cambio yo, debo ser yo, que con tanto remover muevo hacia atrás todo lo que fue mío. Y a esta edad, el que mueve hacia atrás mueve hacia la vejez que solo vive de pasado; por eso huele así este cuarto.

Quizás empezamos a olvidar las cosas del día para no

recordar que nos hacemos viejos. Yo pierdo cosas todo el tiempo: pierdo el peine, la bolsa, las tijeras, el tiempo. Qué barato era el tiempo y qué caro se ha vuelto. De todos modos yo lo pierdo como quien no pierde oro. Lo pierdo preguntándome cómo cambiar el olor del cuarto de mi madre para sacar de ahí el recuerdo de su cuerpo enfermo, de su voz cansada como empiezo a estarlo de este cuarto. Un día que no llega, voy a dormir aquí cuando quiera encontrarme con los volcanes y mi gente, al atardecer. Este será mi rumbo en este rumbo que tanto ha sido mío sin serlo. De aquí vengo, de cerca de este cuarto soy, aquí están los recuerdos que ahora vuelven mientras me como un jitomate pensando en que mi abuelo los sembraba. Vuelven cuando sacamos las fotos de una caja y cuando a los cajones de mi cabeza ya no les cabe tanto como ayer. Vuelven, como los pájaros perdidos, los pregones que se repiten en mi barrio de México como se repetían en el de Puebla, solo que yo, que antes ahí no los oía, he empezado a notarlos, como en la infancia. Ahora que todo es distinto, vuelven tan parecidos como vuelve, valiente aunque llorosa, la certeza de hoy. Estoy aquí, hay enfrente unos árboles y detrás un volcán, hay la tercera parte de mi vida esperando que venga yo a vivirla.

—¿Y quién es esta niña? —pregunto mirando a una criatura vestida de bailarina, con los ojos pintados para ser cisne.

—Eres tú —dice mi hija, que está conmigo hurgando entre las fotos.

¿Soy yo? ¿Era yo? ¿A qué huele esa niña? ¿A mí? ¿Al cuarto? ¿A qué huele el cuarto? A nada. No sé, me digo. Si no lo notas tú, el cuarto ya tomado huele a tus hijos, a tus sobrinos, a su infancia, a la ventana abierta y al jardín. No huele a nada el cuarto, huele a nosotros, a futuro y fantasmas bailando por el aire que mueve la memoria. No huele a nada viejo, huele a las nietas y al delirio de sus madres y a las cosas visibles de su abuela, que siguen siendo jóvenes. Huele a hoy. A martes, a marzo. ¿Quién es esta? ¿Eres tú? Bendita seas. Benditos los fantasmas y la nada que a nada huele y a futuro. Y a todo.

De bicicletas, hombres ilustres y panteones

Sí, tuve un tiempo en que los panteones me atraían con su desdén del mundo y sus árboles íntegros. Cuando llegaba a una ciudad preguntaba dónde vendían los mejores helados y por dónde me iba al panteón. En mi afán turístico que buscaba el aire indiferente de los cementerios, fui incluso al panteón de Cozumel. Un día perdí la mañana de playa para caminar bajo el sol impío en pos de la tumba en que se pierden los abuelos de mi amigo del alma. Encontré un lugar muy distinto a los conocidos. Allí las tumbas son de colores: rojo, amarillo, verde radiante y rosado alborotador. Solo en Puerto Rico y en Chetumal he vuelto a ver algo así; bonito. Ya lo dije, un tiempo me atraían los panteones. Y es de aquel tiempo largo del que aún guardo el gusto por visitar la Rotonda de los Hombres Ilustres (ahora de las Personas Ilustres) en el centro del Panteón de Dolores, no muy lejos de mi casa. La Rotonda es como un pequeño teatro circular que abajo, en el centro, tiene ardiendo una llama. Alrededor hay unas escaleras en las que la gente puede sentarse a mirar hacia las tumbas mientras cuida la flama y siente, porque no es cosa de pensar, la dichosa levedad que es la vida. Todos los que duermen alrededor, quienes se han vuelto polvo y ya no existen sino en nuestras cabezas, tuvieron sueños enormes, algunos de los cuales alcanzaron a ver. La Rotonda la inventó Porfirio Díaz y están enterrados allí muchos de los que se hicieron héroes en las batallas para defender a México de las invasiones que sufrió en el siglo XIX. También hay poetas, músicos, pintores, científicos: me gusta visitar la tumba de López Velarde, la de Agustín Lara, la de Amado Nervo y la de un pariente lejano que fue presidente del país cuando México era un sueño en la cabeza de unos cuantos. Un día traje hasta ahí algo de la tierra que encontré alrededor de la tumba de mi padre en el Panteón Francés de Puebla, la puse en el pasto que cerca la Rotonda y hasta canté alguna cosa mientras lo hacía. Pero todo eso era antes de que muriera mi madre y la muerte perdiera toda su melancolía para convertirse nada más en el abismo de lo que uno pierde para siempre, como se perderá a sí mismo alguna vez. Ya no voy casi nunca a los panteones, aunque todavía creo que son un buen lugar para pensar y que a veces sus jardines son útiles: Mateo, mi hijo, y Arturo mi sobrino aprendieron a andar en bici sobre el piso alisado de un panteón en silencio por el que solo corría la euforia de su risa. Nadie entre nosotros pensaba entonces en los muertos.

EL PERRO Y LA LAGARTIJA

Hoy el cielo ha estado azul como en los dibujos de la infancia; no se cansa uno de verlo para constatar lo increíble. Perdida en ese abismo estaba yo cuando el perro vino a exigirme que le abriera la puerta, quería salir a la terraza en pos de algo que se le escapó de aquí dentro. En cuanto abrí, saltó: lo vi correr tras una lagartija y atraparla, morderla, aventarla al cielo, verla caer. Todo en segundos, no alcancé a defenderla. Y era tan chiquitita como un prendedor. La naturaleza había crecido esa perfección para que el perro la destripara porque sí, para jugar. Luego entró muy en paz, con el deber cumplido, a pedirme un cariño. Díganme ustedes si no es una barbaridad.

MIS MENTIRAS Y EL DISFRAZ DE FANTASMA

Quizá lo que necesito son vitaminas, pero me ha dado por echarle la culpa a mi muerta preferida de que no puedo escribir ficción. Yo, que presumo de ser el escepticismo religioso en dos pies, tengo a bien concederles poderes extraterritoriales a los muertos. Y encuentro que mi madre ha hecho varios milagros desde que murió: mis hermanos consiguieron producir un auto mexicano, mi hermana ha rescatado dos parques y, junto con otros, logró lo que ella hubiera querido desde hacía tantos años: que, al menos por una vez, un gobernador no le heredara el puesto a quien le diera la gana sino a quien se lo diera una elección.

A mi madre no le parecía meritorio esto de escribir fábulas. Para ella no había virtud sin dificultad y mi profesión, en el caso de aceptar que lo fuera, no le parecía difícil: todo el asunto lo trataba como una frivolidad remunerada por quién sabe qué ilusos, de ninguna manera encomiable. Nunca la vi sorprendida con alguno de los que se podrían considerar mis logros profesionales; le daban un poco de timidez. (Miraba a los lectores como diciendo: «Ellos no saben que yo sé. Aquí hay trampa, así no fue como pasó, ni esos señores vivían en esa casa».) Algo de razón habrá tenido. El caso es que ahora que se ha puesto su disfraz de fantasma, no la veo dispuesta a permitir que yo vuelva a creer en mis inventos. En que valen la pena, en que le importan a alguien. Y me tropiezo conmigo misma, incapaz de mentir, de creerme los ojos o la ropa, el peinado y los amores de alguien. No me da la gana. Me pongo en mi escritorio todos los días y todo el día, pero hago trampas: divago por internet, leo los periódicos, y me salvan el correo, el timbre del teléfono, el llamado del perro. Siento como si cualquier distracción viniera en mi ayuda, las ando buscando. Y quien busca encuentra.

Quiero jugar

Quiero jugar a las montañas, a los pájaros, a que soy un perro con una mosca en la oreja: trémulo y enojado. Olvidadizo. Ya no se acuerda de qué lo molestaba, ahora intenta salir a la calle y olisquear las orillas de los árboles, en busca de no sé qué aroma inolvidable.

Quiero jugar a que no pasa nada, no pienso nada, nada recuerdo, nada temo y todo me da risa.

Quiero jugar a que el tiempo no se ha ido como arena, a que voy al colegio, ando descalza, no son mentira las tardes en el río. Jugar a que no sé sino este canto, este lamento, esta gana de ser lo que sí soy.

Quiero jugar a que aprendí a coser, a que sé cómo se toca una sonata de Beethoven, cómo se escucha a Mozart, cómo se teme al mar, cómo se tatúa el viento, el sembradío de gladiolas, las noches junto al lago, el fuego en esa hoguera que prendimos cuando aún no hacía frío.

Quiero jugar a que no es mi cumpleaños, a que fue mi cumpleaños, a que mi madre me regaló un burro gris que rebuznaba al jalarle un resorte.

Quiero jugar a que íbamos donde vendían las luces de

bengala, jugar a que un globo de papel prendía por fin su luz llena de abejas, y se iba para el cielo sin voltear hacia atrás.

Quiero jugar a que un día no sabré mi nombre. Ni el de mis más queridos. Quiero, como a ninguno, temerle a semejante juego. No quiero jugar al olvido, a ese le tengo miedo, a eso juega mi tía con casi noventa años, diciendo que, en su familia, nadie hace huesos viejos. Olvidando que tuvo dos hijas, muertas como verdades infalibles. Quiero olvidar así, para no recordar lo que no quiero.

Quiero jugar a que vive mi madre y anda conmigo y mis hermanos esperando a que su marido traiga la sopa. Jugar a que no fue a la guerra, como sí fue Mambrú, el héroe con que dormí a mis hijos tantas noches. Quiero cantar: no sé cuándo vendrá. Quiero jugar al cine, a los seis años, a que forro los libros en quinto de primaria. Y quiero desnudarme y ser divina. Que me manden las rosas de los años sesenta, la música y el alma de aquel músico. Quiero jugar a que me arrastra el viento, me hunden las olas, me recobra un pez. Quiero dulce de coco y un volcán y tres noches, como tres carabelas. Quiero que vuelva el sueño en que soñó Mateo que yo era azul marina. Quiero jugar a que si está nublado nos quedamos en cama viendo la tele, a que la diosa Cati se pone los anteojos en Los Ángeles para mirarnos desde allá, mirándola desde aquí.

Quiero jugar a que me quiso quien no me supo y saber que me quiere quien me sabe.

Quiero jugar a que no existe el mes, ni estoy para escribir nada cuando solo quiero escribir: no sé, no entiendo.

Quiero jugar a que el mundo tiene alas, resuelve cruci-gramas, bendice los enigmas de quienes se preguntan qué hacer con sus finanzas y sus penas.

Quiero jugar a que sabía de rimas y poesía, lo que sabe quien escribe sin firma en la página que antecede a mi pá-gina. Quiero que un novelista me recuerde y que no haya en el mundo ni en mi patria, menos aquí en mi patria que en ninguna, una sola mujer capaz de concederle su elección a un señor. Y no quiero jugar a que no me da pena que existan estas hembras y estos hombres. Quiero, sí, irme de compras a la luna y encontrarme una tienda en la que vendan volun-tad, síntesis, concentración, premura, certidumbres; todo lo que no tengo para jugar a eso que juegan esos que sí tienen todo eso.

Quiero quedarme quieta, con el aliento en vilo, bajo la sombra de quienes me abrazan. Quiero jugar a que no es oc-tubre, a que vivo viva, sin arrepentimiento y sin angustia. Como viven el sol y los cometas, como duermen los anima-les y las plantas, la espada de Damocles y los años que sigan a estos años.

Propinas

Mi tía Maicha cumplió noventa años. Viendo su fiesta y su pastel, desde el mundo raro en que ahora vive su cabeza, dijo de pronto, como si acudiera en su auxilio una sabiduría llegada de muy lejos: «¿Te das cuenta de cómo, a veces, la vida nos da propinas?»

El patrimonio de lo insólito

Con los años, la fiebre de vivir tiende a volverse apacible, y aunque nos mueva el diario azar, nos emocionen las cosas que parecen triviales y encontremos placer en el coloquio del pan con el desayuno, de repente los días se confunden entre sí y nos confunden; porque muchas veces, a pesar del torbellino, se parecen.

Cuando nos toman los sesenta años, y con ellos la amenaza de una credencial para viejos, el descuento en el transporte, el paso del simple nombre al previo «maestra», que no hizo más examen que el del tiempo, una especie de maldición piadosa se va empeñando en aconsejar la prudencia, la mesura, la serenidad. Contra esta última he decidido no batallar; más aún, todos los días me empeño en buscarla. Incluso a lo que lastima, al dolor y la muerte misma, uno se sabe en el deber de enfrentarlos con serenidad, tanto así que de repente hay que detenerse. ¿Esto que siento es la heroica serenidad o es simple indiferencia? Porque del mismo modo en que se busca una, hay que huir de la otra. Hasta el último día ha de espantarnos el mal y herirnos la infamia, igual que hemos de temblar frente al abismo de la alegría y el ímpetu del bien inesperado.

Vivimos en un mundo que no quiere pensar en la vejez sino como algo que asusta, en un mundo que quiere el todo o nada, que se empeña en las cremas y los artilugios al tiempo en que nos regatea el derecho al ridículo, al temor, al llanto. Todo ese sentir es asunto de jóvenes. Los de sesenta ya no lloramos porque sí, ni podemos bailar en la calle o dar brincos de euforia. En las revistas de modas y en los aparadores la ropa se muestra en gente joven. Las becas, los incentivos, los trabajos están diseñados para la gente joven. Todo principio parece patrimonio de otros. Parece que a uno le toca repetirse o cosechar, que solo se inaugura la nueva crema para el cuello o la condición de abuelos, que cuando nos preocupa qué será del país en treinta años, hemos de notar en otros la certeza de que no estaremos para verlo. Empezamos a tener, en la lista de nuestros seres queridos, tantos vivos como muertos; en nuestros libros más la tendencia a recontar el pasado que a inventarlo. ¿Para qué indagar en el siglo XIX, si el XX ya también queda lejos? Si lo que nos gustaba era la añoranza, ya no es cosa de inventarla, con evocar tenemos. Y de los sueños, ni qué decir: correr un maratón, bucear, escribir una saga, prometerse leer completo el diccionario de María Moliner, ¿a quién, que no tenga veinte años, se le ocurren semejantes locuras? Hay muchas puertas que hemos cruzado por última vez, y eso no queda más remedio que aceptarlo. Pero cuando lo pienso, me toma el cuerpo una furia empeñada en abrir otras. ¿Cuáles? Las que se pueda, aun si para eso hay que correr el riesgo del ridículo, del fracaso, del miedo.

Hace tiempo, inventé el conjuro que una abuela hereda a su nieta para que ella, a su manera, lo repita cuando se haga de una mecedora en la que ha de cobijar su vejez y sus recuerdos. Esto dijo la nieta, un día, junto al hombre que diez páginas adelante le hizo la maldad de largarse:

Yo me comprometo a vivir con intensidad y regocijo, a no dejarme vencer por los abismos del amor, ni por el miedo ni por el olvido, ni siquiera por el tormento de una pasión contrariada. Me comprometo a recordar, a conocer mis yerros, a bendecir mis arrebatos. Me comprometo a perdonar los abandonos, a no desdeñar nada de todo lo que me conmueva, me deslumbre, me quebrante, me alegre. Larga vida prometo, larga paciencia, historias largas. Y nada abreviaré que deba sucederme: ni la pena ni el éxtasis, para que cuando sea vieja tenga como deleite la detallada historia de mis días.

Creo ahora, quince años después, que «larga vida» no se puede prometer, y que lo del «deleite» es demasiado decir; quizá debí dejar «entretenimiento» o «diversión». Y debí ahorrarme el comprometedor «detallada», porque puede entenderse como puntualizada más que como empeñada en salvaguardar los detalles.

Pero no voy a detenerme en las correcciones sino en el compromiso que inventé darle a una mujer a la que a ratos debería parecerme. Yo no quiero, aunque a veces lo olvide, dejar pasar el bien y la fortuna, el fervor y los desafíos, sin aceptarlos. Más aún, sin buscarlos. Por eso es que un martes de noviembre me puse mi embozo con dibujos de Tonanzintla y me fui a cantar «Arráncame la vida» al Auditorio Nacional con Joaquín Sabina.

Desde que nos conocimos, hace no tanto tiempo, nos gustó hacer ruido, hasta la madrugada, en lo que él bien llamó noches de antros y cantinas. Con quienes nos presentaron, dos héroes a los que ni se nombra de tan excepcionales pero a los que llamaré sin más Mercedes y su Gabo, íbamos y seguimos yendo de parranda; en una de esas, hace años, fue que Sabina me retó con lo del Auditorio Nacional, aunque nunca lo tomé muy a pecho. Cantábamos y ya, con tantísima confianza que desentonar se volvió una intimidad más: todo menos ir a comprar pastillas para no soñar. Hace poco, un domingo de cumpleaños, volvió a pedírmelo y volví a decir no. Que si tendría o no huevos, que si ovarios, que si cuánto nos queremos, que si había terminado un libro nuevo. Y no. Un libro nuevo, no. ¿Qué entonces? Por toda respuesta pasé el lunes distraída en el asunto. Si es juego, me dije, si ya no hay posibilidad de retozar todos los días, si aquí tiene Joaquín, en la palma de su mano y las audacias de su lengua, una invitación a la alegría, ¿por qué le voy a tener miedo? Sobre todo, ¿por qué voy a dejar que pase de largo una llamada a lo insólito?

En la mañana del martes, durante el desayuno, que puede volverse un tribunal, se discutió tanto el tema que Héctor se detuvo con reticencia frente a la pura duda. Si estaba tan clara la barbaridad, ¿para qué desgastarse en contemplarla? Era Sabina jugando; ni de chiste pidiendo en serio. Y era que en mí debían caber la cordura y la prudencia. Mi hijo condescendió con la mirada. Mi hija dio sus razones a favor y las oí como hubiera querido decirlas. Ninguno de los tres podía ir, estaban llenos de quehaceres, así que me tomó la libertad por su cuenta y tuve a bien ponerme a temblar de gusto. No había ensayado nunca, fuera de las escaleras de mi casa y los antros alrededor de mi mundo. Los músicos que acompañan a Sabina son sabia gente acostumbrada a la irrupción de uno que otro desvarío, pero no necesariamente a andar teniendo que aprenderse la música de un tango, que parece bolero, para que lo cante una escritora despistada. Sin embargo, le escribí a Jimena diciendo que sí llegaría. Jimena es la patria de Joaquín; alrededor, dice él, no hay nada. Más que, sin duda, un trajín de luces con el que ella va y viene, convoca y acompaña. Estuve a las siete, en el ensayo, con mis zapatos bajos y un suéter rojo. Me pasó a dejar Héctor, que tenía una conferencia en torno a los derechos humanos y una responsabilidad del tamaño de mi irresponsabilidad. Iba asustado: «¿No te duele el pie? ¿No te arde la garganta?», preguntó. A todo le dije que no, para despreocuparlo, para quitarle las ganas de echarme en una bolsa y protegerme de mí. Pero a todo hubiera podido decir sí, porque en efecto me dolía un pie, me ardía la garganta, tenía chueca la espalda y lejos los tacones, pero todo ese mal, justo hasta que llegamos se me olvidó por entero. Una orquesta de genios dedicándome el tiempo; el piano, el acordeón, las guitarras, el más guapo de todos los jefes de escena y yo tan divertida, casi como si fuera algo normal. Maraqui, la empresaria, la custodia y el alma del Auditorio, llegó con su risa y su aplomo a darme un camerino y la paz. Allí pusimos los tacones, el vestido y la vejez: dos cosas para sacarse al escenario, y otra para dejarla en un rincón.

Toda la escuela del circo que fue la calle donde crecí, revivió en mi memoria con una actualidad irreverente. Si les había cantado a los abuelos, a los tíos, a los primos, a mis hermanos, al colegio completo, ¿qué público podría ser más arduo? Catalina llamó diciendo que había dejado su junta porque no quiso perderse el lío, luego vinieron las mariposas de lo inaudito a deshacer entuertos y todo fue correr hacia la fiesta. Joaquín tenía chispas en los ojos y dijo unas palabras del tamaño de la generosidad con que vive; después hizo magia con la risa y su juego. Cierto que hay amigos en cuya audacia se trama un tesoro: sin duda en él y en quienes, de quererlo, hasta aplaudieron la travesura.

La noche tenía bríos. Faltaban dos días para la luna llena. ¿Qué más? Cuando terminó el concierto y salimos rumbo a la oscuridad, Catalina me dijo con un tono que solo le conozco a su voz: «Se habla mucho de las alegrías que les dan los hijos a los padres, pero poco de las que dan los padres a los hijos. Gracias, ma».

Díganme ustedes, ¿eso con qué se paga?

ANDUVE SIN MÍ

El 11 de diciembre mis padres hubieran cumplido sesenta años de casados. Sus hijos decidimos al poco tiempo de que murió mi madre, en agosto, esperar esta fecha para poner sus cenizas y las de mi padre juntas en el jardín, bajo los árboles. Por eso anduve unos días sin vivir en mí.

Una desconocida me pasó por el cuerpo desde que medió la semana. Había estado engañándola durante meses. No la dejaba salir, la encerré porque le tenía pavor a la yo que se me escapó entre el martes y el jueves, que me derrotó. Y estuve sin ser yo, siendo yo, perdida, encontrada, insomne, majadera, inconsolable, ruin, carcomida, triste como un zapato colgando de los cables de luz. Pero sobre todo, contra todo, atrapada por una furia que debía ser desolación y que me tuvo inerme, a su merced, avergonzándome con los cambios de la razón a la sinrazón en que viví.

El jueves amaneció radiante; yo amanecí lloviendo. Dormí con Catalina, en la casa de mi madre que ahora es mía. No dormí, lo intenté. Primero conversamos hasta muy noche, luego otras dos tazas de tila y una pastillita blanca que debía desprenderme del mundo y no consiguió nada. Cati puso entre nuestras camas la pantalla de la computadora con una película haciendo el intento de adormecernos. Lo logró con ella, a mí me engañó un rato. Luego desperté y desperté y desperté. Por fin amanecí a la fiebre, al mundo que hizo el favor de iluminar el vacío para que mi fragilidad dejara de sentirse amenazada y fuera volviéndose una pura amenaza.

Ahí vienen el dolor y mis hermanos, la invalidez y mis hijos, la imposible palabra sin destino y el señor que me lidia y me quiere, llegando a verme estar tan loca como solo su intuición lo temía. ¿Estamos haciendo bien? ¿Es aquí donde van? ¿Por qué no se muere todo el mundo al mismo tiempo? ¿Por qué no sé qué hacer con esta yo que no es yo?

¿Pondremos música? ¿Tendremos velas? ¿Para qué velas bajo el sol, al mediodía? ¿Qué vamos a comer? ¿Verónica lo sabe? Iré a comprar más flores. Daniel traerá la pieza de aluminio en que ha puesto los nombres y las fechas, y una frase breve y torpe que a mí se me ocurrió y ya no me gusta. ¿Carlos? Ya, también vendrá Carlos con su esperanza.

Sergio le ha pedido al muchacho que corta el pasto y riega las plantas que mude su profesión, se vuelva albañil y haga otro hueco en otro suelo, porque las mujeres hemos cambiado de lugar, de cabezas, y hemos dicho que mejor ahí no, que mejor más en medio del terreno, más cerca de la puerta, más lejos de los vidrios de la sala. ¡Qué locas las mujeres y qué mandonas! Sergio no lo dice, o lo dice a veces, pero sé que lo piensa: «Mi hermana Ángeles no sabe ya ni lo que piensa, pero verla temblar me hace temblar».

¿Qué horas serán cuando llegue Carlos tras Daniel, con Verónica, y este lío pueda ser de una vez lo que ha de ser?

Las mandonas mujeres decidimos que era mejor, después, comer afuera en el jardín y sí, pero ¿dónde irán las sillas y las mesas? Hay mucha sombra en la sombra y hará frío. Sin embargo, donde pega el sol del invierno, al mediodía puede arder.

Les he pedido a mis hermanos desde hace tiempo que nada que haga yo en esta mañana cuente en la cuenta de los motivos para perderme el respeto. «No se les ocurra pensar que a la hora del entierro podré fingir la misma cordura que fingí en los quince meses de la enfermedad.» Ni habría sido necesario que lo dijera, lo sabían. Saben que me veo cuerda hasta que de plano enloquezco, que no tengo matices, que me moría del miedo y no podía decirlo ni siquiera bajito para que solo lo escucharan los perros, que son los que más oyen.

Por fin llegaron todos y Mozart con ellos. Pusimos las cenizas bajo un laurel, cada quien un puño de cada cual. Cada hijo, cada nieto, cada pareja de cada disparejo: un puño de mamá, otro de papá, así hasta que acabaron quedándose pegados en los dedos que luego sacudimos sobre el pasto.

Qué cosa para hacer, para decir. Amén. Y a mí bajó un alivio de batalla ganada, un cansancio casi alegre. Por fin soltamos al aire y a la hondura del jardín las cenizas: nuestros padres. Por fin no queda nada más que seguir viviendo, y morirnos de pena con el gusto de vernos estar vivos. Con la tele prendida en el futbol y el alma prendida con alfileres, fija al fin en la sencilla nada de quien se sabe en vilo, pero en paz. Un ratito, no más, pero por fin en paz.

Escribo todo esto agradecida con ustedes, que han venido a leerlo y a conversar con mi memoria.

La orquesta

Hay un inmenso ruido en el jardín. Va entrando la primavera a esta ciudad. Ha llegado un grillo y la tierra suena como una filarmónica. Todo el estrépito en cuya busca salgo, está en una maceta: temblando.

ÍNDICE